Andrea Schwarz

*Kleine Drachen sind eben so*

Andrea Schwarz

# *Kleine Drachen sind eben so*

Die Märchen vom
Drachen Hab-mich-lieb
und seinen Freunden

HERDER

FREIBURG · BASEL · WIEN

Sonderausgabe 2003

Umschlaggestaltung: Finken & Bumiller, Stuttgart

Bildmotiv: Madeleine Adrian-Mohr



www.herder.de

Herstellung: fgb · freiburger graphische betriebe 2003

www.fgb.de

Gedruckt auf umweltfreundlichem,

chlorfrei gebleichtem Papier

ISBN 3-451-28238-0

# *Der kleine Drache Hab-mich-lieb*

## Ein Märchen für große Leute

*Mein König hat mich gerufen,*
*am Wege die Flöte zu spielen,*
*damit alle,*
*die sich dahinschleppen,*
*einen Augenblick stehenbleiben,*
*um Atem zu holen.*

Tagore

*Wir haben für euch auf der Flöte gespielt,*
*und ihr habt nicht getanzt.*
*Wir haben Klagelieder gesungen,*
*und ihr habt nicht geweint!*

Lk 7,32 b

*Für Martina, die gesagt hat,*
*ich solle doch einmal ein Märchen schreiben,*

*und für »meinen« Zauberer,*
*der manchmal auch Drache ist,*
*hin und wieder aber auch Katze …*
*(bzw. Kater)*

*Ohne euch*
*wäre dieses Märchen*
*nicht geschrieben worden …*

*danke*

*Dieses Märchen beginnt,*

wie alle vernünftigen Märchen anzufangen haben, nämlich mit

»Es war einmal ...«

Damit ist aber noch lange nicht gesagt, daß dieses Märchen nun ein vernünftiges Märchen ist. Diese Geschichte von dem kleinen Drachen »Hab-mich-lieb« ist ein kleines bißchen wahr – und die Wahrheit kann manchmal ziemlich unvernünftig sein ...

*Es war einmal ein kleiner Drache,* der lebte ganz alleine in einer dunklen Höhle mitten im hohen Gebirge.

Sie mühte sich rechtschaffen, ein richtiger Drache zu sein; und so schaute sie regelmäßig aus ihrer Höhle heraus, machte »pprrruuuuuuu« und lief gelegentlich ein paar Schritte um die Höhle, um zu sehen, ob auch alles in Ordnung war. Dabei fauchte sie dann so laut vor sich hin, daß die alte Eiche immer wieder von neuem erschrak und ein oder zwei Blätter verlor, die kleine Haselmaus sich zitternd unter einem Ahornblatt versteckte und die Kaninchen, die gelegentlich auf der Wiese spielten, Hals über Kopf die Flucht ergriffen.

Aber das war schon recht so, schließlich müssen Drachen so sein – sie leben in Höhlen, alle Welt weiß, daß sie da sind, und fürchtet sich vor ihnen. So war es auch dem kleinen Drachen beigebracht worden, und sie versuchte wirklich, ihren Pflichten ordentlich nachzukommen ...

*Aber unser Drache war noch* ein sehr junger Drache ... und so kam es, daß sie sich immer häufiger fragte: »Was soll das eigentlich alles?«

Oft langweilte sie sich, wenn sie nicht gerade fauchte oder pflichtgemäß ihre Runde um die Höhle machte. Dann kam es vor, daß sie nachdachte – zugegeben, eine für Drachen sehr ungewöhnliche Beschäftigung. Am liebsten legte sie sich dabei an die Höhlentür, streckte die Schnauze hinaus, den Kopf auf den Pfoten. Die Bienen summten fröhlich auf der Wiese umher, die Blätter der alten Eiche wiegten sich sanft im Wind – und die Augen des kleinen Drachen sahen sehnsüchtig den Schwalben hinterher, die hoch oben am Himmel flogen.

Sie tat ihre Pflicht, sicher – aber war das ein Leben?

*Vieles ging ihr im Kopf herum,* wenn sie so dalag und nachdachte. Sie grübelte darüber nach, welchen Sinn es eigentlich hatte, auf der Welt zu sein – und drehte dabei gedankenverloren in ihren Nackenhaaren, daß sie sich total verknoteten. Manchmal war sie aber auch des Nachdenkens müde, so daß sie einfach nur die Ohren spitzte und die Augen sehnsüchtig umherschweifen ließ.

Wenn sie lange ganz ruhig gewesen war, traute sich zum Beispiel der Igel aus seinem Versteck hervor – gefolgt von der Igelin und fünf kleinen Igelkindern. Es war schön, ihnen zuzusehen, wie sie zärtlich miteinander umgingen, spielten, wie fürsorglich sich die Igeleltern um die Kleinen kümmerten.

Einmal hatte sie versucht, mitzuspielen, aber die Igel mußten das irgendwie falsch verstanden haben. Behutsam näherte sie sich ihnen, rief leise »hallo«, vor Aufregung mochte ihr wohl ein Schnauber dazwischen geraten sein – plötzlich aber waren die Igel keine Igel mehr, sondern seltsame stachligrunde Kugeln. Und als sie sie mit der Pfote liebevoll umdrehen wollte, um nachzusehen, wo denn die Igel nun geblieben waren, da tat ihr die Pfote furchtbar weh, und ihre kleine Schnauze blutete.

Leise jammernd verkroch sie sich in die Höhle, steckte die Pfote in die Schnauze und leckte sie, und als der Schmerz endlich nachließ, rollte sie sich zusammen, legte den Kopf auf den Drachenschwanz und weinte ein bißchen.

Seitdem begnügte sich der kleine Drache damit, dem fröhlichen Spiel der Igel zuzusehen – und wenn es ihr allzu schwer wurde, das Glück der kleinen Familie zu beobachten, die Einsamkeit in ihr brannte, dann machte sie einfach die Augen zu. Nur ab und an blinzelte sie vorsichtig aus dem rechten Auge hervor, warf einen langen und sehnsüchtigen Blick auf die glücklichen Igel – und machte ihr Auge mit einem langen, tiefen Seufzer wieder zu ...

Ja, manchmal war sie sehr unglücklich, der kleine Drache, und unzufrieden mit ihrem Leben – und sie spürte es in ihrem Herzen. Und dies war genau das, was sie von allen anderen Drachen unterschied.

Und das ist der Grund, warum ich ihre Geschichte überhaupt erzähle – denn einsame, fauchende Drachen, die sich mit einem solchen Leben zufriedengeben, gibt es schließlich genug auf der Welt, und sie sind des Erzählens nicht wert.

Bei unserm kleinen Drachen sollte es doch ein bißchen anders kommen ...

*Es war in einem Herbst,*

daß alle Anzeichen auf einen harten und langen Winter hindeuteten. Schon im September bedeckte morgens Reif die Gräser, die Schwalben waren früher als gewöhnlich gen Süden aufgebrochen, und zeitig begannen sich die Blätter zu färben.

Seufzend holte der kleine Drache noch eine Extraladung Heu und Stroh und polsterte die Höhle sorgsam für den Winterschlaf.

Es war ungewöhnlich kalt für die Jahreszeit, und der kleine Drache zitterte vor Kälte, als sie ihre Runde um die Höhle machte, um ein letztes Mal nach dem Rechten zu sehen. Dabei fauchte und knurrte sie gewaltig – sie mochte den Winter nicht besonders.

»PPPrrrrrruuuuuuuuu!!!!!«, das war ein besonders lauter Schnauber, mit dem sie die Tür vor ihrer Höhle zuzog. Sie kuschelte sich auf ihrem Lager zurecht, und schon im Halbschlaf rutschte ihr die rechte Vorderpfote ins Maul.

Und während draußen grimmig der Winter seinen Einzug hielt, der alten Eiche unter der Schneelast ein großer Ast brach, Rehe und Fuchs im Wald bitterlich froren, schlief unser kleiner Drache friedlich dem Frühjahr entgegen, warm und geborgen ... und nur gelegentlich lief ein Seufzer durch ihren Körper oder zuckte ein Ohr ...

*Vielleicht war es in diesem Winter* besonders kalt, vielleicht war im vergangenen Sommer ganz besonders viel Sehnsucht in ihrem kleinen Drachenherzen gewesen – jedenfalls träumte sie in diesem Jahr einen Traum, den sie noch nie zuvor geträumt hatte.

Es war ein schöner, warmer Frühlingstag, so träumte sie, und sie lag auf einer großen sonnigen Wiese, glücklich und zufrieden, ein Gänseblümchen in der Schnauze. Um sie herum aber tummelten sich viele, viele Tiere, die spielten und sich ihres Lebens freuten.

Und – oh, war das ein schöner Traum! – sie spielten auch mit ihr. Sie zogen sie an ihrem Drachenschwanz, und sie mußte raten, ob es das kleine Wildschaf oder der lustige Biber gewesen war; ein kleines Eichhörnchen bewarf sie mit Eicheln und machte »buh!«, um sie, spaßeshalber natürlich nur, zu erschrecken, und der kleine Drache machte »buh-buh!« zurück und tat so, als ob sie furchtbar erschrocken sei.

Auf ihrem Rücken hockte eine alte Eule und schlief, nur manchmal wackelte sie ein bißchen, wenn der kleine Drache über irgend etwas lachen mußte und ihr Körper bebte. Dann öffnete die Eule verschlafen ein Auge und schaute wohlwollend auf das junge Volk um sie herum, um dann wieder weiterzuschlafen.

Die drei kleinen Waschbären hatten einen großen Eimer mit Haselnußöl herangeschleppt und rieben damit den Schwanz des Drachens ein, so daß er schön glitschig wurde – und rutschten nun mit lautem Gelächter den Schwanz hinunter.

Ja, da war eine ganze Menge Leben um unseren kleinen Drachen herum – und sie war glücklich. Sie fühlte sich nicht mehr einsam, und ihre tiefen, dunklen Augen, die früher oft so traurig dreinsahen, hatten einen herrlichen Goldschimmer bekommen.

Das Aller-, Allerschönste in ihrem Traum jedoch war eine kleine, schwarz-weiß gefleckte Katze mit Dreiecksohren und einer rosa Schnauze mit genau neun Schnurrbarthaaren, vier links, fünf rechts. Sie lag gemütlich eingekringelt zwischen den Vorderpfoten des kleinen Drachens und schnurrte vor sich hin – und dem Drachen wurde es ganz warm ums Herz.

Doch, das war wirklich ein schöner Traum ...

*Der kleine Drache blinzelte* und rieb sich die Augen. Sie versuchte, sie noch ein wenig weiter zu öffnen, aber es blieb dunkel. Sie schnupperte vorsichtig zwischen ihren Vorderpfoten – sie roch keine Katze, spürte kein Fell ...

Draußen war es Frühling geworden, und in ihrer Höhle erwachte der kleine Drache aus ihrem so schönen Traum. Und zum erstenmal in ihrem Leben war sie bereits im Frühling traurig – sie ahnte, daß es einen sehr einsamen Sommer für sie geben würde, ohne Wildschaf und Biber, ohne Eule und die lustigen Waschbären – und ohne Katze ...

Mit diesem Traum im Herzen würde ihr Leben nie wieder so sein, wie es einmal gewesen war. Und eine kleine Träne lief ihr die Schnauze herab.

»Seufz«, sie stieß schließlich die Höhlentür auf, guckte grimmig in die Sonne, die schon ihre wärmenden Strahlen auf die Erde schickte und machte so laut und verärgert »PPPPrrrr-ruuuuuuu!!!!«, daß die Bienen, die um die Märzenbecher und Weidenkätzchen summten, vor Schreck in ihren heimatlichen Bienenstock flüchteten.

*Der kleine Drache war furchtbar* schlecht gelaunt und traurig dazu – unzufrieden mit sich und der Welt und ihrem Drachenleben.

Sie kümmerte sich nicht mehr um ihre Höhle und ihre Alltagspflichten, sondern oft lag sie einfach nur da, träumte ihrem schönen Traum hinterher und spürte die Sehnsucht.

Sie magerte ab, die Ohren hingen mißmutig herunter, und die Dampfwolken, die früher so schön aus ihren Nüstern gekommen waren, bestanden nur noch aus kleinen Wölkchen – es war traurig anzusehen ...

*Tag für Tag verging,* der Sommer zog ins Land. Der kleine Drache spürte, daß es so nicht weitergehen konnte. Sie wartete darauf, daß etwas geschah, aber es geschah nichts. Und ihr wurde allmählich klar, daß sich nichts in ihrem Leben ändern würde, wenn sie nicht irgend etwas tun würde. Alt und grau und traurig konnte sie in ihrer Höhle werden – das aber wollte sie nicht.

Was aber dann? Hm, schwierige Frage, dachte der kleine Drache, setzte sich auf ihre Hinterpfoten, stützte den Kopf in die rechte Vorderpfote und kratzte sich mit der linken hinter dem Ohr. Sie mußte jetzt nachdenken.

Ob es diese Wiese aus ihrem Traum tatsächlich irgendwo gab? Und ob dort Tiere wären, die mit ihr spielten, und eine Katze, die so schön schnurren konnte?

Wie aber kam man zu dieser Wiese? Das wußte sie auch nicht, jedenfalls – hier in ihrer Höhle war sie ganz bestimmt nicht. Also – weggehen, die Wiese suchen? Warum nicht?

»Pprruuu! Pprruuu! Pprruuu!«, vor lauter Aufregung schnaubte sie unablässig vor sich hin, so daß die alte Eiche richtig erschrak. Als sie schließlich selbst vor lauter Nebel und Dampf nichts mehr sah, wedelte sie mit der Pfote, um sich den Überblick zu verschaffen, und sah sich um. Das war eine hübsche Wiese, sicher, sie war ihr jahrelang Heimat gewesen – aber es war eben nicht die Wiese aus ihrem Traum. Und in ihrem Kopf tauchten wieder die vielen Tiere auf, die mit ihr spielten und um sie herumtanzten, und die kleine Katze sah sie unverwandt an, als wolle sie sagen »komm doch« ...

Ja, dachte der kleine Drache, ich breche auf und suche diese Wiese. Hoffnung und Zuversicht machten sich in ihr breit – und so packte sie ihr Bündel und legte sich, vielleicht zum letzten Mal, auf ihrem Lager in der Höhle nieder. Vor lauter Aufregung konnte sie kein Auge zutun – was würde sie wohl alles erwarten? Ein klein wenig bang war ihr schon zumute. Was sie aufgab, das wußte sie, ihre Höhle, das weiche Lager, die vertraute Umgebung, in der sie sich zurechtfand. Vor ihr lag Unbekanntes und Unsicheres ... möglicherweise Abenteuer und Gefahr. Vielleicht würde sie aber auch etwas finden, was sie glücklich machen würde. Sie zauderte – und doch war ihr klar, daß sie nicht länger bleiben konnte, sie mußte es riskieren. Sie würde ihren Traum nie mehr vergessen können – und wenn sie jetzt nicht losging, um es wenigstens zu versuchen, würde sie sich ihr Leben lang Vorwürfe machen. Vielleicht war er ja doch wahr – dieser Traum vom Leben.

Und beim allerersten Sonnenstrahl warf sie sich ihr Bündel über die Schulter und brach auf ...

... um sofort wieder anzuhalten. Konnte sie denn einfach so losgehen? Wer würde nach ihrer Höhle schauen? Ein wenig verantwortlich fühlte sie sich da schon. Und eigentlich mußte doch der große Drachenchef auch wissen, daß sie ging. Sie schluckte einmal tief – aber sie spürte, sie konnte sich nicht so einfach davonmachen.

Sicher, das war kein Leben, wie sie als Drachen es führen mußten – der Sinn des Daseins konnte doch nicht nur im Schnauben, Fauchen und Schrecklichsein liegen. Aber wenn nun jeder einfach klammheimlich davonlief, um auf seine Art das Glück zu suchen, dann würde sich da nie etwas ändern. Auch Drachen haben ein Recht darauf, glücklich zu sein!

(Für einen Drachen waren das alles wirklich sehr revolutionäre Gedanken – aber das kommt vielleicht davon, wenn man träumt und nachdenkt, der Sehnsucht einen Platz in seinem Herzen einräumt, sich mit dem Vorgegebenen nicht zufrieden geben mag – und sich auf die Suche machen will ...)

Der kleine Drache spürte, daß sie all dies dem Drachenchef sagen mußte. Wer sonst sollte es denn tun?

Sie zweifelte zwar daran, daß gerade sie es schaffen würde, den alten Drachen zu überzeugen – aber sie wollte es wenigstens versuchen. Mutig und entschlossen trabte der kleine Drache los, der Höhle des Drachenchefs entgegen.

*Der alte Drache war vielbeschäftigt,* und es war gar nicht einfach, bei ihm einen Termin zu bekommen. Als der kleine Drache aber den Grund ihres Besuches angab, wurde sie sofort vorgelassen.

Sie war jetzt doch unsicher, als sie vor dem alten narbigen Drachen stand. Alle Drachen hatten Angst vor dem »Alten«, und sie vermieden möglichst jede Begegnung mit ihm – man wußte nie, wie sie ausging ... Sein giftig-schwefeliger Mundgeruch nahm einem fast den Atem, und man erzählte sich, daß sein Fauchen, wenn er verärgert war, fast das Trommelfell zum Platzen bringen konnte.

Der Alte sah den kleinen Drachen prüfend an, deren Herz ziemlich bebte – ein Glück nur, daß man das nicht sah. »So – du willst also deinen Posten verlassen? Bist wohl zu schwach und zu jung für diese Aufgabe, wie?« dröhnte seine tiefe Stimme. »Nein, nein, das pack ich schon«, widersprach der kleine Drache tapfer. »Ja, was ist es dann?« fragte der Alte erstaunt. »Ich will mich auf die Suche machen ...«, flüsterte der kleine Drache – sie ahnte, daß es wohl besser wäre, die Sache mit dem Traum und der Katze unerwähnt zu lassen, der Alte würde sie wahrscheinlich ohnehin schon für verrückt erklären. »Papperlapapp!« fuhr sie der alte Drache prompt an, »da gibt es nichts zu suchen. Du weißt, wo deine Höhle ist und was du zu tun hast. Schließlich bist du ein Drache ...« – »Alter Drache«, erwiderte sie, langsam ihr Pfotenzittern unter Kontrolle bekommend, »ich möchte gerne glücklich sein. Ich möchte mit anderen Tieren zusammen singen und spielen, tanzen und arbeiten, feiern und auch traurig sein. Wenn ich nur einsam in meiner Höhle sitze, meine Pflicht tue, schrecklich dreingucke – nein, das ist es nicht, was ich suche ...« – »Jetzt hört euch nur die Kleine an«, höhnte der alte Drache laut, »meint, sie habe die Weisheit mit Löffeln gefressen, und will uns alte Drachen belehren, was Glücklichsein ist.

Hör zu – solange man sich erinnern kann, haben Drachen alleine in Höhlen gelebt und waren glücklich und zufrieden damit, ihren Pflichten ordentlich nachzukommen. Spielen, tanzen, singen, feiern – so ein Quatsch! Ein Drache singt, tanzt und spielt nicht! Ein Drache faucht und schnaubt und macht anderen Angst – das ist der Sinn deines Lebens. Es scheint mir, du mußt noch viel lernen! Also, Schluß mit dem Unsinn. Du gehst sofort zurück in deine Höhle und hältst sie gefälligst besser in Ordnung, als du es die letzten Monate getan hast!« Und der alte Drache machte eine Pfotenbewegung, die dem kleinen Drachen zeigen sollte, daß er damit das Gespräch für beendet hielt. Doch sie nahm ihren ganzen Mut zusammen, holte tief Luft und rief: »Sie haben sicher in Ihrem ganzen Leben noch nie gesungen, gespielt und getanzt, bestimmt haben Sie auch nie gelacht und sich Ihres Lebens gefreut. Ob Sie sich wohl einmal eingestanden haben, wie einsam Sie waren, welche Sehnsucht Sie hatten? Sie sind alt geworden – aber ob Sie jemals glücklich waren?« und etwas leiser fügte sie hinzu, »Sie tun mir leid ...«

Der alte Drache schaute sie sprachlos an – so was hatte ihm noch niemand zu sagen gewagt. Der kleine Drache schluckte einmal und bemühte sich, den fassungslosen Blick des Alten zu übersehen. Sie gab ihrer Stimme einen entschiedenen Klang und sagte: »Ich jedenfalls werde mich auf die Suche machen!«, packte ihr Bündel und verließ mit raschen Schritten die Höhle.

*Draußen setzte sie sich erstmal* unter einen Baum, wischte sich den Schweiß von der Stirn und versuchte, ihr flatterndes Herz zu beruhigen. Puh, das hatte doch ganz schön Kraft gekostet.

Vereinzelt drangen Wortfetzen durch die dicke, gepolsterte Höhlentür. Der alte Drache hatte sich von seiner Sprachlosigkeit erholt und tobte ziemlich. »Vergnügungssüchtiges Mädchen«, hörte der kleine Drache einmal heraus und »glücklich sein – Unsinn ... sich auf die Suche zu machen, so ein Quatsch ...«

Das machte ihr keine Angst mehr. Was sie tun konnte, um es ihm zu erklären, hatte sie getan. Es war vielleicht nicht vollkommen gewesen, wie sie es ihm gesagt hatte – aber sie hatte bisher ja auch wenig Gelegenheit gehabt, sich im Reden zu üben. Daß der alte Drache sie nicht verstanden hatte, machte sie zwar traurig – aber jetzt mußte sie erstmal mit sich ins reine kommen, mußte herausfinden, ob es das, was sie suchte, wirklich gab – und ob kleine Drachen darin glücklich werden konnten ...

Der erste Schritt war getan, und sie war froh, daß sie dieses unangenehme Gespräch hinter sich hatte. »Pprruuu«, seufzte sie erleichtert, jetzt konnte es richtig losgehen – und entschlossen warf sie sich ihr Bündel über die Schulter und trabte los, hinein in den dunklen Wald, den schmalen Pfad entlang, den sie im hereinbrechenden Dunkel gerade noch erkennen konnte.

Sie merkte, daß sie müde war – der Tag war doch anstrengend gewesen – und so suchte sie sich ein weiches Moospolster, kuschelte sich hinein, ihr Bündel unter dem Kopf. Die Nacht war ihr vertraut, und so sah sie zufrieden zu den Sternen hinauf, blinzelte dem honiggelben Mond zu – und schlief ein.

*Vogelstimmen weckten sie –*

und etwas verwirrt erwachte der kleine Drache. Wo war sie denn nur? Ach ja, die Ereignisse des letzten Tages fielen ihr wieder ein. Sie setzte sich auf, schaute neugierig herum – und kratzte sich dann nachdenklich am Kinn.

Sich auf die Suche machen ... die Wiese, die Katze – aber wohin mußte sie da eigentlich gehen? Wo, um alles in der Welt, war das? Na, das fing ja gut an. Der alte Drache würde sicher furchtbar lachen, wenn er sie hier sitzen sähe – und allein dieser Gedanke reichte aus, daß der kleine Drache ihr Bündel packte und losging. Denn eines war klar, beim Sitzenbleiben würde sie ihre Wiese auf gar keinen Fall finden – und vielleicht traf sie ja unterwegs jemanden, den sie fragen konnte.

An einem kleinen See machte sie halt. Sie wusch sich den Staub vom Gesicht und versuchte, die wenigen Stirnhaare ordentlich zu scheiteln. Das war immer ein bißchen schwierig, weil sie ziemlich eigenwillig waren – aber schließlich war sie ganz zufrieden mit sich und ihrem Aussehen und dachte verschmitzt, »so, jetzt kann die Katze kommen ...« Tatendurstig sah sie sich am kleinen See um – irgendwo war doch bestimmt jemand, den man fragen konnte. Aber sie konnte niemanden entdecken. Na gut, dachte sie, geh ich halt mal weiter ...

*Der Wald nahm und nahm kein Ende –* und von Wiesen war überhaupt nichts zu sehen. Langsam wurde es Mittag, und in dem kleinen Drachen machte sich zunehmend Unsicherheit breit. Die Pfoten taten ihr weh, sie hatte Hunger – und keine Spur von dieser Wiese.

Halt, saß da nicht etwas auf dem Eichenbaum? Der Drache schaute nochmals genauer hin, ja, da saß ein schwarzer, seltsamer Vogel, eine Brille auf dem Schnabel, tief in ein Buch versunken, das er gerade las. Der kleine Drache war froh, das war bestimmt ein ganz gelehrter Vogel, der ihr sagen konnte, wie sie zu dieser Wiese kommen könnte. Und so lief sie schnell zu dem Baum hinüber und klopfte höflich an den Stamm: »Hei, Freund, darf ich dich mal stören?« – »Du tust es bereits«, knurrte es ungnädig von oben herab, ohne daß der Vogel seinen Blick vom Buch wendete. »Was willst du denn?« Na, viel Interesse scheint er nicht an mir zu haben, wenn er mich nicht mal anguckt, dachte der kleine Drache, fragte dann aber doch: »Ich suche etwas, weißt du, wo ich es finden kann?« – »Lies«, sagte der Vogel einsilbig, immer noch in seine Lektüre vertieft, und »da« – mit seinem rechten Bein krallte er unter einem großen Blatt ein Buch hervor und warf es dem Drachen hinunter. Sie schaute verständnislos, griff dann aber doch danach. »Die Kunst des Lebens« stand in kunstvollen goldfarbenen Lettern darauf, und der Drache dachte, na, da find ich bestimmt was, das mir weiterhilft.

Sie suchte sich ein bequemes Plätzchen und fing an zu lesen. Den Überschriften nach zu urteilen war es nicht uninteressant: »Selbstentfaltung« stand da (sie dachte sofort an Schmetterlinge, aber die schien der Verfasser nicht gemeint zu haben) und »Theorie des Lebens« (oh, so was gab es?). Der kleine Drache blätterte hin und her, las lustlos – und je länger sie las, desto unsicherer wurde sie. Das hörte sich alles ganz gut an, der Verfasser schien auch einiges vom Leben zu verstehen, den vielen Rezepten nach zu urteilen – aber Drachen kamen in dem Buch überhaupt nicht vor, und eine Wegbeschreibung zu ihrer Wiese konnte sie auch nicht finden. Das alles half ihr nicht weiter. So klappte sie das Buch wieder zu und lief zum Baum und dem gelehrten Vogel zurück. »Entschuldige«, rief sie zu dem Vogel hinauf. »Was willst du denn jetzt schon wieder? Ich lese, das siehst du doch!« – »Du verstehst doch bestimmt einiges vom Leben, wenn du soviel liest. Sag mir bitte – wie kann ich glücklich werden?« – »Das Leben steht in Büchern beschrieben. Lies ... und laß mich jetzt in Ruhe. Ich muß noch dreiundsechzig Bücher lesen.« Das Leben steht in Büchern beschrieben? dachte der kleine Drache – das konnte ja schon so sein ... aber eigentlich wollte sie nicht über das Leben lesen, sondern selber etwas erleben.

Vielleicht meinte dieser gelehrte Vogel mit »Leben« doch ein wenig was anderes als sie. Und so zog sie es vor, das Buch an den Stamm zu lehnen, ein höfliches »danke« hinaufzurufen, ihr Bündel zu packen und weiterzuziehen.

Müde und lustlos trabte sie den Waldpfad entlang. Diese Begegnung war wohl nicht sehr hilfreich für ihre Suche gewesen.

*Plötzlich hielt sie inne,* die Ohren gespitzt. Sie hatte ein Geräusch gehört – ein vielstimmiges, fiepsiges Gelächter. Von da drüben war es gekommen, und so schlich sie sich vorsichtig näher. Was sie sah, überraschte sie: Auf einem freien Fleck auf dem Waldboden liefen wohl an die dreißig Mäuse wie irrsinnig im Kreis herum, lachten laut, alberten, jagten sich und ließen sich fangen. Oh, sie spielen, dachte der kleine Drache entzückt – da kann ich bestimmt mitspielen.

In diesem Moment kehrte Ruhe ein in der quirligen Mäuseschar ... und eine helle Mäusestimme quiekste: »Und was spielen wir jetzt?« – »Ach, ich weiß was«, rief eine Maus, »wir spielen: ›Wer hat Angst vorm bösen Drachen?‹ – kennt ihr das?« Ein zustimmendes Gejohle, und die Mäuse begannen erneut, wie wild umherzujagen.

Der kleine Drache glaubte, nicht recht gehört zu haben: Wer hat Angst vorm bösen Drachen? Es schien ihr wenig sinnvoll, sich zum Mitspielen anzubieten – die Rollen waren eindeutig verteilt. Und doch, sie mußte zugeben, sie war verletzt. Wie konnte man nur so was spielen? Egal – hier jedenfalls wollte sie nicht mitspielen, alles, was recht war. Und so kehrte sie zum Waldpfad zurück, das helle Fiepsen immer noch im Ohr.

*Gedankenverloren lief sie* den Pfad entlang – ob sie ihre Wiese wohl finden würde? Und ob die kleine Katze ... – jäh wurde sie aufgestört. Etwas flitzte auf sie zu, fuchtelte aufgeregt mit den Armen und rief: „Heh, mach Platz, ich hab's eilig!« Verdutzt blieb der kleine Drache einfach stehen, und da der Pfad ziemlich schmal war und der kleine Drache trotz ihrer Abmagerung nicht gerade gertenschlank, zwang sie unabsichtlich das heransausende Etwas zum Anhalten. »Hallo«, sagte der kleine Drache nett. »Weg da – ich muß zu einer Konferenz!« Eine Konferenz? Das Wort hatte der kleine Drache noch nie gehört, und so vergaß sie ganz, dem anderen aus dem Weg zu gehen. »Eine Konferenz – was ist das?« – »Da trifft man sich, um über das Leben zu diskutieren«, gab der andere hastig zur Antwort, schlängelte sich am kleinen Drachen vorbei, die noch immer mitten auf dem Weg stand, und sauste auf der anderen Seite weiter, nun wieder freie Bahn vor sich.

Der kleine Drache schüttelte den Kopf. Es gab anscheinend Dinge in dieser Welt, die sie nicht so ganz verstand. Aber gut – das Etwas war weg, sie konnte es nicht mehr fragen.

Der Pfad schien sich endlos weiterzuschlängeln – und der kleine Drache beschloß, sich nach einem Schlafplatz umzusehen. Für heute hatte sie genug erlebt, ein wenig ausruhen würde jetzt sicher guttun. Ein Ginsterstrauch lud sie regelrecht ein, und in seinem Schutz ließ sie sich nieder und machte es sich bequem.

Sie knabberte an einem Stück Brot – und fragte sich doch allmählich, ob das mit dem Weggehen wohl eine gute Idee gewesen sei – aber da war sie dann auch schon eingeschlafen ...

*Am nächsten Morgen erwachte sie* hoffnungsvoll ... heute, dachte sie, heute werde ich ganz bestimmt die Wiese finden ...

Der Schlaf hatte ihr die Zuversicht wiedergegeben, und so guckte sie ganz zufrieden in die Welt, als sie nach einem kleinen Frühstück wieder lostrabte.

Der Pfad verbreiterte sich allmählich, die Bäume traten etwas zurück – und der kleine Drache war ganz gespannt, was da wohl kommen würde. Und es kam wirklich etwas – eine Kreuzung. Ein Weg querte den Pfad, den der kleine Drache bisher gegangen war – und unschlüssig hielt sie inne. Welcher Weg war jetzt wohl der richtige? Sie lief jeweils ein paar Meter in die Wege hinein, kehrte wieder um ... was sollte sie nur tun? Sie war ratlos, wußte nicht mehr weiter. Es gab keinerlei Anzeichen, die für den einen oder den anderen Weg sprachen, und so verließ sich der kleine Drache schließlich ganz auf ihr Gefühl ...

Der Weg, für den sie sich entschieden hatte, führte in einen dunklen Tannenwald, und ihr wurde ein wenig unheimlich zumute. Aber tapfer lief sie weiter – ob sie die Wiese finden würde? Ob ihr Gefühl richtig gewesen war? Umdrehen – das ging nicht mehr, und so lief sie weiter, Zweifel im Herzen ...

*Langsam lichtete sich der Wald* und der kleine Drache atmete auf. Da hinten, der helle Fleck, das war bestimmt die Wiese, und da waren die Tiere und die Erfüllung ihres Traumes ...

Sie trabte ein wenig schneller, vergaß ganz die Blasen an den Pfoten – und blieb, ganz stumm vor Freude, am Waldrand stehen. Ja, das war die Wiese aus ihrem Traum – und da waren die Eichhörnchen, die Rehe und das kleine Wildschaf ästen friedlich, dort an dem kleinen See entdeckte sie den Biber und die Waschbären. Nur die kleine Katze konnte sie nirgends entdecken, aber sie konnte bestimmt nicht weit sein.

»Endlich ...«, dachte der kleine Drache, und ein ganz tiefes Glücksgefühl erfüllte sie.

Langsam trat sie auf die Wiese hinaus. »Ppprrruuuuu!!!« machte sie freudig, und alle Tiere erstarrten und schauten zu ihr hinüber. Eine seltsame Stille hatte sich über die Wiese gelegt, sogar die Blätter der Bäume hatten zu rascheln aufgehört. Der kleine Drache aber merkte die Spannung nicht, die da mit einem Mal in der Luft lag. Sie lief auf die Wiese hinaus, die Vorderpfoten weit ausgebreitet und rief: »Hallo, ich mag mit euch spie...«, – da war die Wiese aber auch schon leer, kein Tier mehr zu sehen.

Bestürzt schaute sie sich um ... was war jetzt los? Sie war so froh gewesen, endlich am Ziel zu sein, hatte mitspielen wollen ...

Enttäuscht ließ sie die Ohren hängen und schlurfte zum Waldrand zurück, wo sie vor lauter Freude vorhin ihr Bündel fallengelassen hatte. Sie ließ sich an einem Baum nieder, schaute auf die leere Wiese und dachte nach.

Hm, ob sie die Tiere wohl erschreckt hatte? Das konnte natürlich sein ... es geschah vielleicht nicht oft, daß ein Drache mitspielen wollte. Doch, der Gedanke leuchtete ihr ein, und je länger sie darüber nachdachte, um so verständlicher schien ihr das Verhalten der Tiere zu sein. Dabei hatte sie sie doch gar nicht erschrecken wollen – sie mußte es also irgendwie anders machen ...

Solange sie hier saß, würden die Tiere jedenfalls nicht wiederkommen – so versteckte sie sich in einem Gebüsch, von dem sie einen guten Blick auf die Wiese hinaus hatte.

Wie konnte sie es nur anstellen, daß die Tiere Vertrauen zu ihr fassen könnten? Vielleicht – wenn sie sich ganz, ganz vorsichtig anschleichen würde, immer ein Stückchen näher, so allmählich, daß die Tiere es gar nicht merken würden? Und wenn sie dann einfach da war, dann würden die Tiere schon merken, daß sie nur mitspielen wollte. Sie dachte alles noch einmal genau durch – doch, so müßte es gehen.

*Unterdessen hatten sich die Tiere* wieder auf die Wiese gewagt und schauten sich nur noch gelegentlich scheu um.

Jetzt, dachte der Drache – und behutsam robbte sie aus ihrem Gebüsch hervor. Zentimeter für Zentimeter kämpfte sie sich voran – ob es ihr wohl gelingen würde?

Das Kribbeln in ihrem Bauch wurde immer stärker ... wieder ein Stückchen weiter, ganz vorsichtig, bloß nicht schnaufen. Sie hielt den Atem an – es klappte!

Gleich würde sie aufstehen können und wie selbstverständlich mitspielen, als ob sie immer schon dabei gewesen wäre.

Voll Vorfreude sah sie den Waschbären zu, die sich übermütig quer über die Wiese jagten – doch halt, was war das? Da kam doch ein Waschbär direkt auf sie zu – war sie entdeckt worden? Vorsichtshalber duckte sich der Drache noch ein wenig tiefer ins Gras.

Der Waschbär schien sie nicht zu sehen, den Blick über die Schulter auf seine Verfolger gerichtet, rannte er einfach drauflos – und mitten in den kleinen Drachen hinein. »Au«, rutschte es ihr heraus, der Waschbär quiekte vor Schreck und starrte völlig entgeistert das grüne Etwas an, bis langsam Verstehen in seine Augen trat, und er schrie laut: »Heh, der Drache ist wieder da ...« und jagte gleichzeitig mit größter Geschwindigkeit quer über die Wiese davon.

Mit einem Schlag war die Wiese wieder leergefegt – und der kleine Drache schlug mit der Vorderpfote auf den Boden: »Mist«, knurrte sie. Ärgerlich erhob sie sich, die Idee konnte sie nun auch vergessen – die Tiere würden zukünftig sehr wachsam auf »große, grüne Steine« achten.

Ratlos und traurig schlich sie zu dem Gebüsch zurück – warum war das denn alles nur so schwierig? Warum ging es nicht, daß sie einfach zu den anderen Tieren hinging und sagte: »Guten Tag, ich bin ein Drache, und ich möchte gerne bei euch mitspielen ...«

Ihre Augen wurden feucht, sie schluchzte leise – und dann weinte der kleine Drache das ersten Mal in ihrem Drachenleben hemmungslos vor sich hin.

*Schniefend lag der kleine Drache* im Gebüsch. Ihr Herz war leergeweint, sie schluchzte nur noch zitternd. Sie hatte sich das alles ganz anders vorgestellt.

Sie wollte so gern nett zu den anderen sein, aber das schienen die nicht zu verstehen – oder sie konnte es nicht richtig zeigen. Sie hatte das Gefühl, daß die Tiere Angst vor ihr hatten, so viel Angst, daß sie ihr nicht mal zuhörten.

Verflixt nochmal, dachte sie, mag ja sein, daß ich gefährlich aussehe – aber ich bin doch gar nicht gefährlich ... ich will doch niemandem was Böses tun.

Aussehen – hm, wenn sie nun an ihrem Aussehen was ändern würde? Wenn sie die anderen nicht gleich als Drache erkennen würden? Dann hatte sie vielleicht Gelegenheit, den anderen zu zeigen, wie nett sie doch war ...

Dieser Gedanke fesselte den kleinen Drachen so sehr, daß sie sich auf die Vorderpfoten erhob und prüfend die Umgebung musterte. Verkleiden ... irgendwas anziehen, womit man nicht auffällt ... die wiedergefundene Hoffnung schärfte ihren Blick: sie sah plötzlich Moosplacken und Äste, Blumen, Gräser und Zweige ...

Und plötzlich wieder ganz lebendig, riß sie kurzentschlossen eine lange Efeuranke ab, schlang sie sich mehrmals um den Körper und steckte Äste mit Blättern hinein. Die Lücken verdeckte sie mit Gräsern, ganz dicht, so daß kein Quadratzentimeter Haut mehr hervorlugte, und verschönerte das Ganze schließlich noch mit ein paar Blumen, um etwas gefälliger auszusehen. Einige besonders lange Äste hatte sie so festgezurrt, daß sie die Schnauze und den Schwanz verdeckten – und als besonderen Trick nahm sie ein großes Farnblatt kokett als Fächer in die linke Pfote. Zufrieden schaute sie an sich hinunter – jetzt würde sie niemand erkennen. Sie erhob sich auf die Hinterpfoten, wedelte nett mit dem Farnblatt und trat hinaus auf die Wiese, wo die Tiere schon wieder friedlich spielten. Sie hoben die Köpfe, als das seltsame Wesen sich ihnen näherte. Sie sagten kein Wort, aber sie rannten auch nicht weg – und nur das zählte ja. »Hallo«, flötete der Drache in der höchsten Tonlage, derer sie fähig war, »ich mag mit euch spielen ...« Die Tiere standen immer noch regungslos da – bis das Eichhörnchen plötzlich lauthals loslachte, auf der Erde hin- und herkugelte, sich den Bauch hielt, und mit der Pfote auf den Drachen zeigte.

Der kleine Drache fühlte sich unbehaglich – aber wenigstens entspannten sich die Gesichter der Tiere um sie herum. Das Eichhörnchen lachte immer noch, versuchte aber, sich zusammenzunehmen, und stieß endlich prustend hervor: »Es ist – hahahaha – es ist der Drache – hahahahahaha ...« Sofort machten die Tiere zwei Schritte zurück und sahen sich das grüne Wesen genauer an. Klar, wie hatten sie es nur übersehen können, das war doch tatsächlich dieser Drache, der sie andauernd schon belästigte. Und es war wirklich zum Lachen: Schwanz und Schnauze ragten vorwitzig aus dem Grün heraus, dicke Pfoten standen kräftig unter zartem Blattwerk auf dem Boden, und gerade jetzt entwich ihren Nüstern eine kleine Dampfwolke, die der kleine Drache einfach nicht mehr bei sich behalten konnte. Und als sie so in der Runde umherschaute, erstarrte sie – alle, aber auch alle Tiere bogen sich vor Lachen, hielten sich den Bauch und zeigten auf sie.

Groll stieg in ihr hoch. Sie konnte ja vieles ertragen – aber ausgelacht zu werden, das war zuviel. So hatte sie es sich nicht erträumt. Sie wollte sich nicht zum Gespött anderer machen, nur um mitspielen zu können – nein, lieber blieb sie allein und einsam. Was bildeten die sich hier eigentlich ein ... wenn sie niemand ernst nehmen wollte, nun gut.

Zornig riß sie sich die Verkleidung vom Leib, erhob sich auf ihre Hinterpfoten und schnaubte, so laut sie konnte »PPPPPP-PRRRRRUUUUUUUUU!!!!!!!!!!«. Sie hatte jetzt, im wahrsten Sinne des Wortes, die Schnauze voll. Als der Dampf ganz dicht um sie waberte, trabte sie zum Wald, ohne auch nur einen Blick auf die Wiese zurückzuwerfen.

Sie suchte im Dickicht ihr Bündel, warf es sich über die Schulter, schüttelte den Staub von den Pfoten und lief in den dunklen Wald hinein.

Aus, Schluß, sie wollte nicht mehr. Sie gab auf – heimkehren, Ruhe in ihr Drachenherz einkehren lassen, die Idee mit dem Traum aufgeben. Vielleicht hatte der Drachenchef doch recht gehabt. Aber die Katze, was war mit der Katze? Sollte das wirklich nur ein Traum gewesen sein? Müde war sie plötzlich, so furchtbar müde. Nur noch mühsam stapften ihre Pfoten den

Waldweg entlang, bleierne Gewichte hingen an den Beinen, der Schwanz schleifte auf dem Boden – und sie sehnte sich nur noch danach, zu schlafen, die Welt und die Sache mit der Wiese zu vergessen. Sie stolperte, fiel hin und entschloß sich, einfach liegenzubleiben.

*Es war finsterste Nacht,*
als sie aufwachte, und sie fror auf einmal erbärmlich. Sie holte die selbstgestrickten Socken aus ihrem Bündel und zog sie an die Pfoten – und als auch das noch nicht half, wickelte sie schließlich ihre Winterschlafdecke um sich ... hellwach war sie jetzt – und sie wußte, sie würde nicht wieder einschlafen können. So lehnte sie sich mit dem Rücken gegen einen Baum und sah in das Dunkel der Nacht hinein.

Ja, sie gab auf – nichts von dem, was sie sich erträumt hatte, hatte sie gefunden. Mut und Zuversicht hatten sie verlassen, der ganze Drache war nur noch Verzweiflung. Wie schön war doch ihre Höhle gewesen ... Ob die alte Eiche noch lebte? »Warum bin ich bloß weggegangen?« fragte sie plötzlich laut in die Stille hinein. »Krächz«, antwortete es aus dem Baum heraus. Der kleine Drache erschrak und sah nach oben. Zuerst entdeckte sie nicht, woher die Stimme gekommen war, dann aber nahm sie zwei kleine grünlich leuchtende Punkte im dichten Blattwerk wahr. »Wer ist da?« fragte sie vorsichtig – man konnte ja nie wissen, und verunsichert war sie mittlerweile wirklich genug ...

»Ich bin Bara, die Eule«, krächzte es von oben herab – mindestens genauso vorsichtig ... und: »was machst du denn hier an meinem Baum?« fragte sie. »Och«, sagte der kleine Drache, »ich war eingeschlafen und jetzt ...« – »Jetzt?« fragte die Eule. »Ach, das ist eine lange Geschichte ... weißt du ...«, sagte der Drache traurig. »Ich bin ein Drache, und ich habe eine Wiese und einen Traum gesucht. Aber ich glaube, die Idee war nicht besonders gut ...« Die Stimme der Eule wurde etwas teilnahmsvoller: »Warum denn?« – »Ach, ich habe mir das alles etwas einfacher vorgestellt – und jetzt frag ich mich grad, was wohl meine Höhle daheim macht ...« »Heimweh«, stellte die Eule sachlich fest, »geht vorüber ...«. Das half dem kleinen Drachen im Moment aber nicht viel weiter. »Du, Bara, sag – warum haben die Tiere Angst vor mir?« fragte der kleine Drache, vielleicht konnte sie es ihr sagen. »Du bist ein Drache«, meinte sie. »Ja und?« – »Vor Drachen hat man eben Angst – sie sind so ...« – »Aber ich doch nicht!!!« rief der kleine Drache. »Ja, wissen das die anderen denn?« gab Bara weise zurück. »Sie verstehen dich ja nicht einmal. Wenn du fauchst und schnaubst, meinen sie, du willst sie erschrecken, so wie die anderen Drachen es eben auch tun. Ihr sprecht verschiedene Sprachen.« Der kleine Drache dachte über Baras Worte nach. Vielleicht muß ich einfach deutlicher machen, was ich will? Aber wie denn, die anderen hörten mir ja nicht einmal zu ... »Bara?« fragte sie verzweifelt. »Ja?« – »Kannst du mir sagen, was ich tun kann, damit die anderen mich verstehen?« – »Nein«, es klang traurig, »wenn ich das wüßte, wäre ich selbst nicht mehr so einsam ...«. Sie fing sich wieder und meinte dann rasch »ich geh jetzt in mein Nest. Schau nur, dort drüben dämmert der Morgen herauf – höchste Zeit für mich. Mach's gut – schön, dich kennengelernt zu haben ...«, sprach's und war verschwunden. Schade, dachte der Drache, sie schien so lebenserfahren, bestimmt hätte sie mir noch das eine oder andere sagen können ... naja ...

*Sie wickelte sich etwas fester*

in ihre Decke, und ihr Blick ging nach Osten, wo das Licht allmählich über das Dunkel siegte. Und der feuerrote Ball, der sanft am Himmel emporstieg, weckte auf geheimnisvolle Weise in dem kleinen Drachen neu die Lust am Leben. »Fremdsprachen«, dachte sie plötzlich, »vielleicht sollte ich Fremdsprachen lernen. Und ob große Tiere wohlt auch vor mir Angst haben?« Aber da war sie schon längst wieder eingeschlafen...

*Als sie geraume Zeit später aufwachte,* stand die Sonne schon hoch am Himmel. Sie rekelte sich genüßlich und reckte die Glieder. »Fremdsprachen«, dachte sie, »wie um alles in der Welt komme ich nur auf Fremdsprachen?« Sie war etwas verwirrt, bis ihr das nächtliche Gespräch mit Bara wieder einfiel. Und auf einmal zeichnete sich ein Plan in ihrem Kopf ab. Einen letzten Versuch würde sie noch wagen. Sollte auch der scheitern, dann gab sie wirklich auf. Aber die Idee schien ihr so gut, das konnte gar nicht schiefgehen: sie wollte große Tiere suchen, die nicht so schnell vor einem Drachen erschrecken würden, und dieses Mal würde sie nicht einfach mittenrein platzen, sondern abwarten, beobachten, zuhören, versuchen, ihre Sprache zu lernen. Dann könnte sie sich auch verständlich machen ...

»Also gut«, dachte sie, »ich probiere es« – gab sich einen Ruck und ging los.

Sie hatte Glück – bald schon lichtete sich der Wald und eine schöne Waldwiese lag vor ihr. Vorsichtig pirschte sie sich näher – das niedrige Strauchwerk diente ihr als Versteck – und spähte auf die Lichtung hinaus. Tatsächlich – da stand ein Rudel stattlich-großer Hirsche, angeführt von einem kapitalen Bock mit einem riesigen Geweih. Der kleine Drache richtete es sich gemütlich ein. Dieses Mal würde sie abwarten, zusehen, bloß nichts übereilen ...

*Der Hirschbock war unruhig,* es war Brunftzeit, und er spürte, daß junge Böcke um das Rudel herumstrichen in der Hoffnung, ihm vielleicht die eine oder andere Hirschkuh abzujagen – oder sogar möglicherweise, um die Herrschaft über das Rudel zu kämpfen.

Immer wieder röhrte der Bock laut und gewaltig vor sich hin – und der kleine Drache war ziemlich beeindruckt. Tiere, die solche Geräusche von sich geben können, würden vor ihr gewiß keine Angst haben. Aber sie mußte zugeben, diesen Ton hinzukriegen, das war nicht so ganz einfach. Sie übte es ganz vorsichtig-leise im Schutz des Gebüsches, immer und immer wieder.

Als sie schließlich vor ihrer eigenen Stimme erschrak, dachte sie, jetzt müßte es wohl gehen ... und so faßte sie sich ein Herz, röhrte einmal ganz laut und trat, hoch aufgerichtet, auf die Wiese hinaus.

*Das Rudel war* bei dem unerwarteten Ton zusammengeschreckt, die Köpfe drehten sich zum Waldrand hin, und der Bock nahm die imponierendste Stellung ein, die er sich vorstellen konnte, das Geweih mit den spitzen Enden hoch in die Luft gestreckt.

Der kleine Drache frohlockte, ihr Plan schien zu glücken. Schritt für Schritt näherte sie sich dem Rudel, immer wieder laut das gewaltige Röhren nachahmend.

Der Bock stand verwirrt still. In seinem Leben hatte er noch nie erlebt, daß jemand so frech-dreist von seinem Rudel Besitz ergreifen wollte.

Schließlich löste er sich aus seiner Erstarrung und röhrte, womöglich noch gewaltiger, dem kleinen Drachen entgegen, die sich über diese, wie sie meinte, so freundliche Begrüßung, von Herzen freute ... und sie röhrte freudig zurück ...

*Ein grüner Gegner,*

der aufrecht lief und röhrte, auch das war etwas Neues für den Hirsch. Er überlegte kurz – und entschied sich dann für das einzige Mittel, das ihm sinnvoll erschien. Er setzte sich in Bewegung, langsam, dann immer schneller, den Kopf mit dem Geweih und den todbringend scharfen Spitzen gesenkt – Angriff!!!

Der Drache verstand die Situation immer noch falsch ... sie röhrte freundlich und lief nun ihrerseits dem Bock entgegen, höchst erfreut über die für sie so eindeutige Aufforderung zum Spielen. Sie senkte nun auch den Kopf, man war ja immer bereit zum Lernen, und wenn das nun mal dazu gehörte ...

Ein brennender Schmerz bohrte sich in ihre Seite – der Hirsch hatte angegriffen. Der kleine Drache, eben noch im höchsten Himmel der Hoffnungen schwebend, wurde schmerzhaft-jäh in die Wirklichkeit zurückgeholt. Sie starrte erstaunt auf die Wunde am Hals, aus der Blut herausfloß – da sah sie aus den Augenwinkeln erneut den Hirsch heranjagen. Instinktiv drehte sie sich zur Seite, so daß der Stoß des Hirsches vorbeiging – aber allmählich wurde ihr doch unheimlich zumute.

Sie blickte sich um, das Rudel hatte sich an den Waldrand zurückgezogen und sah dem Kampf gespannt zu. Eben setzte der Hirsch erneut zum Angriff an. Der kleine Drache röhrte noch einmal, schon etwas verzagter – und als sie sah, daß der

Hirsch sein Tempo unverändert beibehielt, zog sie es vor zu fliehen. Sie rannte in den Wald hinein, den wütenden, nun des Sieges sicheren Hirsch auf den Fersen. Sie lief, was ihre Pfoten hergaben – und schließlich verstummte das Trommeln der Hufe ihres Verfolgers.

In der Gewißheit, den Nebenbuhler in die Flucht geschlagen zu haben, war der Hirsch zu seinem Rudel zurückgekehrt, wer weiß, was dort in der Zwischenzeit alles passiert war.

Der kleine Drache japste nach Luft. Sie merkte, wie ihre Kräfte nachließen. Die Wunde blutete immer noch, und total erschöpft ließ sie sich zu Boden fallen. Sie verstand überhaupt nichts mehr. Dabei hatte alles so verheißungsvoll angefangen. Aber auch der Hirsch schien sie nicht verstanden zu haben, obwohl sie so schön geröhrt hatte.

Der kleine Drache hatte nun sämtlichen Mut verloren ... sie war nur noch Traurigkeit und Schmerz. Sie leckte ihre Wunde und weinte sich verzweifelt in einen unruhigen Schlaf hinein.

## *Dem kleinen Drachen*

war die Ruhe nicht lange vergönnt. Plötzlich stieß etwas Hartes in ihre Seite, fiel über sie und schimpfte lauthals in die Nacht hinein.

Müde richtete sich der kleine Drache auf, fauchte vorsichtshalber ein bißchen vor sich hin – soweit es ihre Kräfte noch zuließen – und versuchte im Dunkel zu erkennen, was denn los war. Der kleine Hügel, der neben ihr auf dem Boden lag, erhob sich, immer noch weiter schimpfend und gänzlich unbeeindruckt von der weißen kleinen Dampfwolke, die in der Luft hing. Ein Licht flammte auf und hätte dem Drachen beinahe die Schnauze versengt, so daß sie einen Schritt zurückwich. »Heh, bleib gefälligst da!« rief eine dunkle, nicht unangenehme Stimme, und das Licht kam ein bißchen näher. Der kleine Drache blieb sitzen – ihre Hinterpfoten zur möglichen Flucht angespannt. Sie zitterte ein wenig – war es der Schmerz, die erneute Aufregung, die Müdigkeit? »Du brauchst keine Angst haben«, sagte die dunkle Stimme, und seltsamerweise, der Drache vertraute ihr. »Was machst du denn hier?« fragte die Stimme freundlich. »Ich ... ich hab ... geschlafen ...«, sagte der kleine Drache müde. »Hm«, doch, diese Stimme klang wirklich nett, »aber du kannst nicht mitten auf dem Weg einschlafen, so daß man über dich fällt und sich fast die Knochen dabei bricht ... überhaupt: wer bist du denn?« – »Ich bin ein Drache«, antwortete der kleine Drache leise und fügte dann zögernd hinzu »aber ich bin mir gar nicht sicher, ob ich ein Drache sein mag ...« – »Na, das scheint grad alles nicht so einfach bei dir zu sein – aber müssen wir das eigentlich hier mitten im Wald bereden?« – »Nö«, sagte der kleine Drache – inzwischen war ihr fast egal, was noch passierte. Mit einem letzten Rest Anstand versuchte sie, ihr Gähnen hinter der vorgehaltenen Pfote zu verbergen. Das alles hatte sie doch ziemlich mitgenommen, aber war das ein Wunder nach all dem, was sie erlebt hatte?

Das erkannte auch der Jemand, zu dem die dunkle Stimme gehörte, und er schlug vor: »Hör zu, meine Hütte ist nicht weit von hier. Ein Bett kann ich dir zwar nicht anbieten, aber an so etwas scheinst du auch nicht gewöhnt zu sein ... ein schönes Heulager hätte ich und auch was zu essen, wenn du magst.« Essen – die Sinne des kleinen Drachen belebten sich. Erst jetzt fiel ihr auf, wie lange sie vor lauter Aufregung schon nichts mehr gegessen hatte – und sofort knurrte ihr Magen so unüberhörbar laut, daß ihr Gegenüber herzlich lachte. »Also, komm mit«, sagte er und ging los, das Licht in der Hand – und der kleine Drache stolperte hinter ihm her. Es war wirklich nicht weit ... nach zwei oder drei Biegungen (sie war einfach zu müde zum Zählen) zeichnete sich eine kleine Hütte gegen den Nachthimmel ab, der Mann öffnete die Tür, stellte das Licht auf einen Tisch und schürte das Feuer, das in einem Kamin glimmte. Er legte einige Scheite Holz darauf, und schnell umfing ein warmes Licht und knackende Wärme die beiden, die sich nun das ersten Mal richtig musterten. Zu der dunklen Stimme gehörte ein kleiner Mann, mit Jeans und abgewetzter Lederjacke, einem braungebrannten Gesicht mit vielen Lachfältchen darin, herzlich dreinschauenden Augen und vertrauenerweckenden Händen – und irgendwie, der kleine Drache mochte ihn sofort, so wie sie seine Stimme schon gemocht hatte.

»Oh«, sagte der Mann erstaunt, »du bist ja verwundet – komm, zeig mal.« Er sah sich die Wunde näher an und meinte dann: »Wart, da hab ich was.« Er holte einen kleinen Topf mit einer gut riechenden Salbe hervor, wusch vorsichtig das Blut um die Wunde herum ab, strich die Salbe darauf und legte einen Verband darum. »So«, sagte er, »jetzt braucht es nur noch Zeit zum Heilen.« Die Salbe kühlte herrlich, und die behutsamen Hände des Mannes hatten dem kleinen Drachen gutgetan. Fast hatte sie das Gefühl, daß die Schmerzen schon nachließen.

»Ich mach uns was zum Essen«, sagte der Mann, »ich hab nämlich auch Hunger.« Er deckte mit raschen Händen einen derben Holztisch, holte Brot, kalten Braten und gezuckerte Erdbeeren herbei und stellte eine Flasche Wein dazu. Und dabei entschied er sich, seinem ungewöhnlichen Besucher erst morgen all die Fragen zu stellen, die ihn interessierten, heute abend würde er ja doch keine vernünftige Anwort mehr bekommen. Nur noch mühsam hielt sich der kleine Drache aufrecht, fast schlief sie am Tisch schon ein, und einmal konnte der Mann das Weinglas nur mit einem raschen Griff vor dem Herunterfallen retten, weil der Drache einfach zu müde war, um ihre Pfoten noch in die Höhe zu bekommen. Und schließlich verriet ihm ein gleichmäßig leises Pusten, daß der Drache tatsächlich eingeschlafen war. Der Mann tippte sie an die Schulter, rüttelte sie – aber erst seine warme Stimme erreichte den kleinen Drachen, als sie sagte: »Komm, ich zeig dir dein Lager.« Und im Halbschlaf fragte der kleine Drache noch: »Wer bist du eigentlich?« Die dunkle Stimme lachte und sagte: »Ich bin Moya, der Zauberer« – aber da war der kleine Drache auf dem süß duftenden Heulager schon wieder eingeschlafen, und die Worte des Mannes drangen nur noch in ihre Träume vor.

Ruhe kehrte ein in der kleinen Hütte am Wald – bis der erste Vogel probeweise ein Lied in das Dunkel pfiff, ahnend, daß es wohl bald Morgen werden würde ... und wirklich, kurz darauf wagte sich der erste Lichtschimmer im Osten hervor und löste ein tausendstimmiges Vogelgezwitscher aus ... ein leichter Morgennebel lag über dem Gras, die Tautropfen blitzten in der Sonne, und in der Hütte wurde der kleine Drache im Schlaf unruhig, um sich gähnend zu rekeln und die Augen zu reiben. Das roch so schön – der kleine Drache riß plötzlich hellwach ihre Augen weit auf: Ihr war wieder eingefallen, wo sie war und was alles passiert war. Und während sie sich neugierig umschaute, fielen ihr die Worte »Moya, der Zauberer« ein. Hm, sie kratzte sich am Kopf und beschloß, sich einmal umzusehen, wo sie hier denn gelandet war ... Der Schlaf hatte sie erfrischt, die Wunde schmerzte nicht mehr, sie war zu neuen Taten aufgelegt – und so brachte sie ihre Pfoten in eine vernünftige Reihenfolge, richtete die Ohren auf und erkundete die Hütte. Was sie sah, gefiel ihr gut – Sonnenlicht drang durch viele kleine Fenster in einen großen Raum hinein, die Gardinen sahen hübsch aus, ein grob gewebter Teppich lag da, auf dem Herd blitzten die Kochtöpfe, an der Wand hing ein Bord mit bunten Henkeltassen – alles wirkte sehr gemütlich. Wo aber war der Mann von gestern abend? Der kleine Drache blinzelte vorsichtig um eine Ecke herum – und da schlief er, Lederjacke und Jeans ordentlich auf einen Stuhl gelegt.

## *Ein Zauberer –*

und Lederjacke und Jeans? Irgendwie – der kleine Drache hatte sich Zauberer immer etwas anders vorgestellt. Verwirrt stand sie vor dem Bett und sah den Mann an. Hm, nett sah er aus, die dunklen Haare waren verwuschelt und kringelten sich an den Schläfen zu kleinen eigenwilligen Löckchen, das Gesicht sah weich aus, und der Mann lächelte im Schlaf ...

Plötzlich sah er den Drachen mit graublauen Augen an und sagte, als ob er die Gedanken des Drachens erraten hätte: »Weißt du, Zauberer sehen immer anders aus, als man erwartet, deswegen erkennt man sie häufig so schlecht – und Jeans und Turnschuhe sind in unserem Beruf manchmal praktischer als der lange, sternenbesetzte Rock« – und dabei lächelte er den kleinen Drachen an. Seine Stimme war tatsächlich so dunkel und angenehm, wie sie der kleine Drache in Erinnerung hatte. Sie verzauberte, diese Stimme – und der kleine Drache hätte ihr andauernd zuhören mögen.

»Na, du scheinst ja ausgeschlafen zu haben – wie wär's mit einem ordentlichen Frühstück?« Davon hielt der Drache eine ganze Menge, und bei dieser erfreulichen Aussicht standen ihre Ohren gleich noch ein wenig mehr in die Höhe.

Bald zog ein herrlicher Duft von Kaffee und Speckeiern durch die kleine Hütte, und die Nüstern des kleinen Drachen schnupperten höchst interessiert. Die beiden frühstückten draußen vor der Hütte, die Sonne lachte über die Wiese, und die Amsel oben auf dem Dachfirst pfiff ihr Lied in die Welt hinein. »Pprruu«, seufzte der kleine Drache behaglich. Jetzt schien es Moya an der Zeit, doch ein wenig mehr über seinen Gast zu erfahren. »Nun erzähl mal ...«, sagte er und goß dem Drachen nochmals Kaffee in die große Henkeltasse.

Und der kleine Drache erzählte: von ihrer Höhle und der Wiese davor, von ihren alltäglichen Drachenpflichten, ihrem Nachdenken und ihrer Einsamkeit, von dem Traum mit den Tieren und der Katze. Und als sie schließlich bei ihrer Entscheidung war, aufzubrechen und sich auf die Suche zu machen, da beugte sich Moya noch ein wenig mehr nach vorne und hörte möglicherweise noch aufmerksamer zu, als er es vorher schon getan hatte. Der kleine Drache redete sich alles vom Herzen, ihre Unsicherheit und die Ratlosigkeit und das schlimme Gefühl, nicht verstanden zu werden. Und als sie so erzählte, kamen ihr wieder all die Begegnungen in den Kopf, die sie auf dem Weg gehabt hatte: der gelehrte Vogel und die Mäuse, das fuchtelnde Etwas und schließlich die Tiere auf der Wiese – und der Hirsch, der sie angegriffen hatte. Es tat gut, alles einmal loszuwerden – und es tat gut, es Moya zu erzählen, der so schön zuhören konnte und einem das Gefühl gab, daß er all dieses Durcheinander in einem kleinen Drachenherzen gut verstehen konnte.

Als der kleine Drache geendet hatte, schwieg Moya lang und sah sie einfach warm an. Dann fragte er leise: »Und warum hast du gestern abend gesagt, du wüßtest nicht, ob du ein Drache sein willst?« – »Weil«, der kleine Drache schniefte auf und blies versehentlich eine Dampfwolke vor sich hin, »weil ich nicht so sein mag, wie die anderen Drachen sind – ich mag nicht schrecklich sein und Angst machen, ich mag nicht alleine in meiner Höhle leben – ich will zusammen mit anderen singen und tanzen, spielen und auch traurig sein – und ich mag kein Drache mehr sein, weil Drachen nicht geliebt werden«, fügte sie ganz leise hinzu. »Hm«, sagte Moya nachdenklich, »du bist tapfer. Um die Tatsache, daß du ein Drache bist, wirst du allerdings nicht umhin können, aber da sag ich dir später etwas dazu. Ich finde es jedenfalls ganz prima, daß du den Mut gehabt hast, aufzubrechen und deinen Traum ernst zu nehmen. Das ist nämlich sehr schwierig, weißt du. Na, jetzt guck nicht gleich wieder so traurig – aber ich möchte dir gegenüber schon offen sein. Das, was du dir vorgenommen hast, das ist schwierig, aber auch unsagbar schön und manchmal auch ganz einfach. Es heißt nicht, daß du dauernd glücklich sein wirst, ganz im Gegenteil. Leben bringt auch sehr viel Leid und Tränen mit sich, du kannst in Gefahren kommen, die du dir nie vorgestellt hättest, du kannst Verwundungen davontragen. All das kann dir auf deinem Weg begegnen, und du hast es ja auch erlebt. Aber – Leben heißt auch, zu ahnen, was Freiheit ist, Unabhängigkeit, Glück, Friede – und all das in einer Dichte und Fülle, wie andere es nie spüren können.« Der kleine Drache hatte aufmerksam zugehört – und jetzt fragte sie: »Aber – wo find ich denn das, was ich suche?« – »Überall«, sagte Moya leise schmunzelnd.

Der Drache legte ihre Stirn in tiefe Falten vor lauter Nachdenken. »Überall? Das verstehe ich nicht ...« – »Weißt du, das, was du suchst, ist an keinen Ort und an keine Zeit gebunden, es ist immer gegenwärtig.« Der Blick des kleinen Drachen wurde höchstens noch verständnisloser ... Moya versuchte es noch einmal: »Es gibt welche, die behaupten ständig, das Glück gefunden zu haben – und sind doch unzufrieden. Andere dagegen warten und meinen, einmal muß das ganz große Ereignis doch kommen. Und so warten und warten sie – und stellen eines Tages erstaunt fest, daß sie unterdessen gestorben sind.« Der kleine Drache schmunzelte. »Ja, du lachst«, sagte Moya ernst, »aber ich glaube, daß viele Drachen, auch wenn sie scheinbar glücklich sind, eigentlich schon tot sind. Sie leben nur in ihren Tag hinein, ohne einmal etwas auszuprobieren oder zu riskieren. Sie geben sich mit vordergründigen Anworten zufrieden – und bleiben damit an der Oberfläche ... Die wahren Schätze aber sind in der Tiefe verborgen. Und es sind solche Spinner und Träumer wie du, die sich mit der Oberfläche nicht zufriedengeben, die tiefer gehen, weiter sehen, höher fliegen wollen oder, wie du es sagst, die sich auf die Suche machen – auch wenn sie manchmal gar nicht genau sagen können, was sie denn suchen. Das sind die, die immer auf dem Weg sind, offen für alles Neue – auch dann, wenn es vielleicht Angst macht – die Melodien hören, auch wenn niemand spielt; die weinen und glücklich sein können, weil sie eine Rose gefunden haben; die Farbe in die Welt zaubern – und ihre Träume suchen. Und all das läßt sich nicht erjagen, sondern dafür muß man offen sein – und das kann jederzeit und überall sein ...«

Moyas Worte drangen ganz tief in den kleinen Drachen ein ... sie spürte, daß Moya viel vom Leben verstand, daß er aber sicher oft auch schon unglücklich gewesen war ...

Und als ob Moya ihre Gedanken bestätigen wollte, sagte er: »Leben – das ist wie ein Feuer ... du kannst dir die Pfoten daran verbrennen, aber wenn du das Feuer in deinem Herzen hast, dann wirst du glücklich sein, auch wenn du traurig bist ...«

Der kleine Drache kratzte sich am Kopf, traute sich aber schließlich doch, ihre Frage zu stellen: »Wie macht man das denn nun – leben?« Moya sah sie liebevoll an: »Du tust es schon längst ...« – »Wie bitte?« der kleine Drache glaubte, nicht recht gehört zu haben ...

»Ja«, wiederholte Moya, »ich mein schon, was ich gesagt habe ... du tust es bereits ...« – »Wieso???« – »Du hast dich getraut, der Sehnsucht und den Träumen einen Platz in deinem Herzen zu geben, du hast deine Einsamkeit gespürt, du hast dir eingestanden, daß du Angst hast, du hast anderen vertraut und konntest staunen, du hast die scheinbare Sicherheit aufgegeben, du hast dich verwunden lassen und hast geweint. Du hast tiefer gehen und höher fliegen wollen, das ist doch Leben –

auch wenn du dabei deinem Ziel vielleicht noch nicht näher gekommen bist. Aber möglicherweise ist das Unterwegs-sein wichtiger als das Angekommen-sein ...«

Der kleine Drache war verblüfft ... ihre Suche nach dem Traum nahm durch Moya eine Wendung, die überraschend für sie war ...

*Moya spürte,*

was in dem Drachen vorging, und wußte, jedes Wort mehr wäre ein Wort zuviel gewesen. So stand er auf, holte einen Korb und ein Messer aus der Hütte, drückte beides dem Drachen in die Pfote und sagte: »So, genug für heute vormittag – was hältst du davon, ein paar Pilze fürs Mittagessen zu suchen?« Der kleine Drache nickte, immer noch verwirrt von dem vielen, was sie da eben gehört hatte – und blieb am Tisch sitzen.

Moya schmunzelte vor sich hin und trug das Geschirr in die Hütte. Am besten, er ließ sie jetzt allein, so konnte vielleicht am ehesten Ordnung in ihre Gedanken kommen.

Der Drache war wirklich durcheinander – aber sie fühlte, es war ein gutes Durcheinander, das ihr auch keine Angst machte. Und so trabte sie schließlich los, Pilze suchen ...

*Die Ruhe des Waldes* tat dem kleinen Drachen gut. Sie wanderte umher, den Blick auf den Boden gerichtet, um ja keinen Pilz zu übersehen. Gleichzeitig jagten aber die Gedanken in ihrem Kopf herum. Sie hatte geglaubt, das Bild ihres Traumes sei das Ziel, das sie finden müsse – und jetzt sagte Moya, das, was sie suche, sei immer gegenwärtig? Hieß das, ihren Traum aufzugeben? Und die Katze? Würde sie die nie finden?

Hm, eigentlich, wenn das Ziel ihrer Suche immer schon da wäre, dann könnte sie doch auch hier bei Moya bleiben – oder? Das wäre schön ... sie könnte ihm zur Hand gehen; später vielleicht, wenn sie etwas mehr gelernt hatte, konnte sie ihm beim Zaubern helfen ... der kleine Drache kam ins Träumen – das war ein buntes und schönes Bild, das da vor ihren Augen stand, und ihr wurde ganz wärmelig zumute ... bei Moya bleiben, Heimat haben, geborgen sein, leben ...

Den kleinen Drachen drängte es zur Hütte zurück – der Korb war eh schon übervoll mit Pilzen. Sie mußte Moya unbedingt erzählen, was ihr da eingefallen war. Was Moya wohl dazu sagen würde? So ganz sicher war sich der kleine Drache darüber nicht ...

*Moya stand in der Hütte* und putzte Salat. Als der kleine Drache zur Tür hereinpolterte, warf er ihr einen freundlichen Blick zu. »Na, hast du was gefunden?« fragte er – aber statt einer Antwort stellte der kleine Drache einfach den Korb auf den Tisch. »Na fein«, freute sich Moya, »das gibt ein schönes Mittagessen!«

»Du, Moya?« begann der kleine Drache etwas zögernd. »Ja?« – »Sag mal ... meinst du ... also ... könnte ich nicht einfach hier bei dir bleiben? Das ist mir halt grad so gekommen ... ich mein ja nur ... das wäre doch schön ... ich könnte dir helfen, Pilze suchen, die Hütte in Ordnung halten und so ...« Der kleine Drache brach ab und traute sich nicht, Moya anzusehen.

Moya hatte aufmerksam zugehört und stellte nun die Salatschüssel an die Seite. Dann sagte er behutsam: »Meinst du wirklich, es wäre gut, wenn du hierbleiben würdest? Schau, ich bin ein besonderer Zauberer – ein›Lebendig-Zauberer‹, ich versuche, dem Leben zu helfen, daß es lebendig werden kann. Manche verstehen das falsch, die meinen, ich könnte ihnen ihr Leben herbeizaubern. Aber das geht nicht. Lebendig sein, das muß jeder ganz alleine. Das kann ich niemandem abnehmen, auch dir nicht. Ich kann vielleicht die Sehnsucht nach dem Leben in ihnen wecken, oder solche wie dich, die sich schon auf den Weg gemacht haben, in ihrer Sehnsucht bestärken. Möglicherweise kann ich auch die eine oder andere Erfahrung, die du auf dem Weg gemacht hast, deuten, dir sagen, was ich dazu denke – gehen aber mußt du ganz alleine ...«

Der kleine Drache schluckte, sie spürte, daß sie nicht hierbleiben konnte. Die kleine Katze kam ihr wieder in den Sinn. »Moya, was ist mit meinem Traum – und mit der Katze, werde ich sie finden?« – »Träumen, das ist ganz, ganz wichtig – und ich wünsch dir, daß du es nie vergißt, das Träumen. Dein Traum hat dir die Kraft gegeben, dich auf den Weg zu machen. Du bist aufgebrochen, mit Sehnsucht im Herzen, weil du um das Ziel ahntest. Durch dieses Ziel hat sich dein Weg bestimmt – auch wenn nicht sicher ist, ob du dieses Ziel jemals erreichen wirst. Deshalb wäre es zwar schön, wenn du hierbleiben könntest – aber es wäre nicht das Ziel. Du würdest damit deinen Traum aufgeben ...«

Der kleine Drache nickte nachdenklich – ja, Moya hatte recht, hierbleiben hieße, ihren Traum zu verraten.

Etwas anderes beschäftigte sie noch: »Du, wie hast du das eben mit dem Ziel und dem Erreichen gemeint?« Moya sah sie an: »Der Weg zu diesem Ziel ist nicht einfach, das habe ich ja heute morgen schon gesagt. Es ist die Kunst, Vergangenheit und Zukunft in der Gegenwart zu leben. Schau, da ist dein Traum, vielleicht als Verheißung für die Zukunft – und da sind deine Vergangenheit, deine Erfahrungen, deine Verletzungen, all das, was du bisher gelernt oder auch noch nicht gelernt hast. Beides beeinflußt deine Gegenwart. Dazu kommt Verschiedenes, an dem du nichts ändern kannst – zum Beispiel die Tatsache, daß du ein Drache bist. Es gibt Dinge in dir und um dich herum, die neben deinem Traum und deiner Vergangenheit auch noch deinen Weg mitbestimmen. Und deswegen wirst du lernen müssen, als Drache zu leben.«

Der kleine Drache schaute schon wieder ziemlich verständnislos – manchmal waren Moyas Gedanken doch anstrengend. Als Moya das merkte, fragte er nur noch: »Magst du dich eigentlich?« Damit wendete er sich wieder dem Salat zu – blickte den kleinen Drachen noch einmal über die Schulter liebevoll an und meinte: »Wenn du Lust hast, kannst du die Pilze putzen ...«

*Das Mittagessen schmeckte hervorragend* – Moya war wohl nicht nur ein guter Zauberer, sondern mindestens ein genauso guter Koch. Der kleine Drache langte kräftig zu, und Moya freute sich darüber. Faul saßen sie anschließend vor der Hütte, Moya hatte sich eine Pfeife angesteckt, und freuten sich des Lebens.

Den kleinen Drachen beschäftigte immer noch das Gespräch von vorhin. Ob sie sich mochte? Darüber hatte sie noch nie nachgedacht. Und was hatte Moya wohl damit gemeint, sie müsse lernen, Drache zu sein? Schließlich hielt sie es nicht mehr aus. »Du, Moya, wieso hast du das vorhin gesagt?« Moya wußte sofort, was der kleine Drache meinte. »Ganz einfach – dir bleibt in diesem Punkt gar nicht viel anderes übrig. Dir selbst vorzumachen, daß du kein Drache seist, bringt dich nicht weiter.« – »Aber ich will doch gar nicht so wie die anderen Drachen sein!« – »Das brauchst du ja auch nicht«, beruhigte sie Moya. »Es gibt einen Unterschied zwischen dem, wie andere meinen, daß du als Drache zu sein hast – und dem, wie du als Drache sein willst. Aber du kannst nicht deine Haut ausziehen und plötzlich Schmetterling oder Eichhörnchen sein.«

Der kleine Drache hörte aufmerksam zu. »Schau«, sagte Moya, »man hat von Drachen nun mal ein ganz bestimmtes Bild – sie jagen Angst ein. Deshalb werden sich die meisten, denen du begegnest, vor dir fürchten. Und da kannst du zehnmal erklären, daß du ganz anders bist, sie werden dir nicht glauben. Das gehört zur Wirklichkeit, die du auch sehen mußt. Wenn du versuchst, so zu tun, als ob du kein Drache seist – denk nur an deine Erlebnisse mit den Tieren und dem Hirsch – dann wirst du damit auf Dauer keinen Erfolg haben. Du kannst kein anderer sein, du mußt du selbst werden. Und deshalb habe ich vorhin gesagt, daß du lernen mußt, Drache zu sein ...«

»Ja, aber – darf ich denn als Drache auch lieb sein?« – »Klar«, sagte Moya, »niemand kann dir vorschreiben, wie du zu sein hast. Und wenn du lieb sein möchtest, dann sei lieb – wenn es das ist, was du im Moment sein möchtest. Allerdings, du mußt dich darauf gefaßt machen, daß viele dich dann überhaupt nicht mehr verstehen werden, weil du ihrem Bild von einem Drachen nicht entsprichst. Das macht sie unsicher, verstehst du – und sie werden dich dann noch viel weniger mögen. Überhaupt«, fuhr Moya fort, »schlag es dir aus dem Kopf, von allen geliebt und gemocht zu werden.« – »Warum denn?« – »Kannst du dir einen Drachen vorstellen, die sowohl von deinem Drachenchef als auch von deiner Katze geliebt wird?« – »Nein«, sagte der kleine Drache entschieden, »das geht nicht!« – »Siehst du – sie wollen von dir etwas so Verschiedenes, daß du es nie beiden recht machen kannst. Immer wirst du jemanden enttäuschen müssen, wenn nicht sogar beide ...« – »Auch die Katze?« fragte der Drache traurig. Moya bekräftigte: »Ja, möglicherweise auch mal die Katze. Siehst du die Sonnenblume dort drüben?« – Dem kleinen Drachen war sie am Morgen schon aufgefallen. »Sie blüht herrlich, nicht wahr? Aber sie blüht für niemanden, nicht für dich, nicht für mich. Sie selbst will Sonnenblume sein und gibt dafür das Beste, was sie kann. Wollte sie Rose oder Gänseblümchen sein, weil andere es vielleicht so lieber sähen, ginge das bestimmt schief. So aber dreht sie sich nach niemanden außer der Sonne – und das macht sie schön und stark und groß.«

Der kleine Drache starrte die Sonnenblume an – ob sie Moya wohl richtig verstand? Was hieß es denn, sich nach niemandem zu drehen, sie selbst zu werden? Wer war sie denn? »Wer bist du?« Moya hatte wieder einmal ihre Gedanken erraten. »Es wäre schlimm, wenn du darauf für immer und ewig eine feste Antwort hättest. Leben heißt auch Veränderung, heißt Wachsen, Weitergehen. Es kann sein, daß sich deine Antwort auf diese Frage von Tag zu Tag ändert – und oft genug wirst du keine Antwort darauf haben. Laß dich davon nicht verwirren und hab keine Angst davor. Aber – find dich auch nicht einfach damit ab. Suche dich selbst – und wenn du dich ab und an einmal finden kannst, dich selbst erkennst, dann freu dich um so mehr darüber. Und hab ein bißchen Geduld mit dir. Wenn du dich selbst nicht magst, wie sollen dich dann die anderen mögen, die dich ja noch weniger kennen, als du dich selbst?«

Moya sah den Drachen an, die müde vom Nachdenken war. »Ich weiß«, sagte er, »daß ich dir viel zumute. Du wirst nicht alles sofort verstehen. Aber das macht nichts. Deine Wunde hat auch Zeit gebraucht, um zu heilen, nimm dir selbst auch die Zeit, die du für dich brauchst. Und«, fügte er noch hinzu, »gib auch deiner Katze Zeit. Dräng sie nicht – vielleicht wird sie eines Tages einfach da sein ...«. Moya hielt einen Moment inne, dann sagte er sehr ernst: »Eines Tages wirst du die Melodie hören ... und dann tanz. Ob du traurig oder glücklich bist, tanz. Warte nicht erst, bis andere mit dir tanzen, bis dahin könnte die Melodie vorbei sein. Sei du Melodie – tanz ...«

Der kleine Drache verstand den Zauberer nicht ganz, aber sie ahnte, daß diese Melodie etwas Wichtiges war ...

»So«, sagte Moya entschieden –, »für heute hab ich nun wirklich genug geredet. Du siehst schon richtig mitgenommen aus. Komm, wir machen einen schönen Spaziergang, das bringt die Gedanken vielleicht ein wenig zur Ruhe. Und«, er lachte verschmitzt, »ich weiß eine Stelle, wo ganz viel Walderdbeeren wachsen ...«

Schweigend gingen sie los – es war ein gutes Schweigen, gefüllt mit Nähe ...

*Der kleine Drache war froh,* als sie an dem Abend in ihr Heulager kriechen konnte. Es war ein anstrengender Tag für sie gewesen – aber sie hatte das Gefühl, auch einiges von diesem Leben verstanden zu haben. Moya war schon so ein Zauberer ...

Sicher, viele neue Fragen waren plötzlich da, andere waren immer noch unbeantwortet – aber jetzt half Nachdenken allein nicht mehr viel. Das, was sie bis jetzt kapiert hatte, mußte ausprobiert und gelebt werden ... dann würde man weitersehen.

Das Herz wurde ihr schwer – das hieß Abschied von Moya.

Aber sie wußte, sie konnte nicht hierbleiben, sie mußte ihren Traum suchen – noch war ihr Ziel nicht erreicht.

Sie spürte plötzlich viel Kraft in sich – ja, sie würde wieder aufbrechen. Und bei diesem Entschluß war sie traurig und gespannt zugleich – verrücktes Leben ...

*Beim Frühstück erzählte sie Moya* von ihrem Entschluß. Er schaute sie nachdenklich an und meinte: »Ich glaube, das ist gut so ... Lebe das Leben – du bist auf dem richtigen Weg ...«

Die beiden schauten sich schweigend an und mußten plötzlich schmunzeln. »Es war gut, dich getroffen zu haben, Moya«, sagte der kleine Drache. »Ohne dich hätte ich wohl aufgegeben ...« – »Ach«, sagte Moya, »das glaubst du doch wohl selber nicht – da muß es schon noch dicker kommen, bevor du aufgibst ...« Der kleine Drache stand auf: »Ich glaub, ich geh jetzt ...« – »Warte«, sagte Moya, »ich möchte dir gerne auf deinen Weg etwas mitgeben.« Der Drache schaute neugierig – aber Moyas Hände waren leer, und er machte auch keine Anstalten aufzustehen. »Du bist mir Freund geworden«, sagte Moya ernst. »Freunde sind etwas sehr Schönes und Kostbares. Für mich bist du nicht mehr irgendein kleiner Drache, sondern mich verbindet viel mit dir. Ich werde dich nicht mehr vergessen – und deshalb möchte ich dir gerne einen Namen geben. Er soll dich daran erinnern, daß du einzig auf der Welt bist – es gibt viele Drachen, aber nur einmal so etwas wie dich ...«, Moya schmunzelte bei diesem Gedanken und fuhr fort, »ich würde mich freuen, wenn du den Namen annehmen würdest ...«

*Der kleine Drache wackelte* vor Überraschung mit den Ohren (sie hatte gar nicht gewußt, daß sie das konnte ...) und wartete gespannt darauf, daß Moya weitersprach.

»Ich möchte dich ›Hab-mich-lieb‹ nennen«, sagte Moya ernst. »Und dieser Name soll dich daran erinnern, daß Vergangenheit und Zukunft in der Gegenwart gelebt werden müssen. Er hat mehrere Bedeutungen, dieser Name, und er ist nicht einfach zu leben. Versuche es ...«

Moya schwieg einen Moment, dann sagte er: »Ich möchte dir gerne sagen, was ich mit diesem Namen verbinde – nimm es als mein Abschiedsgeschenk mit auf deinen Weg.

Du warst ein Drache, die zu anderen sagen wollte, ›habt mich doch lieb‹, um wiedergeliebt zu werden. Vergiß nicht, woher du kommst, das ist wichtig.

Dein Traum erzählt von der Zukunft – der Katze, der du vielleicht begegnen wirst, und die zu dir sagt ›ich hab dich lieb‹, deinen Traum von Liebe, Verstehen, Geborgenheit. Ich wünsch dir, daß sich dein Traum erfüllt – wenn er sich erfüllen soll. Verrate deine Träume nicht ...

Und nicht zuletzt – ›ich hab mich lieb‹ ... vielleicht Leitspruch für deinen zukünftigen Weg. Werde die, die du sein willst ... nicht die, wie dich andere gerne hätten. Hab dich selbst ein wenig lieb – dann werden dich auch die anderen mögen ...«

Moya sah den Drachen liebevoll an und fügte noch hinzu: »Und wenn du mal einen Freund brauchst – ich bin für dich da. Aber vergiß nicht, ich kann deinen Weg nicht gehen ...«

Dem kleinen Drachen war ganz seltsam zumute, sie hätte es nicht beschreiben können, was alles in ihr war ... so tat sie kurz entschlossen etwas, was sie noch nie in ihrem Drachenleben getan hatte – sie schlang ihre Pfoten um Moya und drückte ihn fest an sich. »Halt«, keuchte Moya, »du erdrückst mich ja ...« Naja, sie hatte halt wenig Übung darin ... und nur mühsam knoteten die beiden sich wieder auseinander. Als sie sich ansahen, lachten sie laut – und sie fühlten, es war gut so ...

»Hab-mich-lieb« seufzte und sagte leise, »mach's gut, Moya – und danke ...« Moya sah sie liebevoll an, »Freund ...«

*Entschlossen wandte sich* »Hab-mich-lieb« ab und lief langsam dem Wald entgegen. Dort drehte sie sich noch einmal um und winkte zu Moya hinüber – und der kleine Mann vor seiner Hütte hob grüßend die Hand. Der kleine Drache schritt in den Wald hinein. Sie atmete die würzige Waldluft tief ein und irgendwie – es war auch gut, wieder unterwegs zu sein. Die Traurigkeit in ihrem Herzen wich allmählich der Neugier und der Spannung, was wohl so alles auf sie zukommen würde ...

Dankbarkeit erfüllte sie ... daß es solche Zauberer wie Moya gab ... und – »Freund« hatte er zum Abschied gesagt. »Hab-mich-lieb« war stolz darauf – sie wußte, Moya ging mit diesem kostbaren Wort nicht leichtfertig um ...

Gegen Mittag wurde der kleine Drache müde und hungrig. Zeit zum Rasten, dachte sie und suchte sich ein schönes Plätzchen. Sie holte Brot und Käse hervor und aß einige Bissen. Dann legte sie sich gemütlich auf den Rücken, verschränkte die Pfoten unter dem Kopf und sah eigentlich ganz vergnügt in den weiten Himmel hinein. Und unmerklich fielen ihr die Augen zu ...

*Der Kleine Drache erwachte,* als die Sonne sich schon gen Abend neigte – und, mit einem Schlag hellwach, spitzte sie die Ohren. Da war doch was ... ja, eine Melodie lag in der Luft ... eine schöne sanfte Melodie, ein wenig melancholisch und doch voll Lebensfreude ...

Was hatte Moya gesagt? »Wenn du die Melodie hörst, dann tanz ... ob du traurig oder glücklich bist, tanz ... gib dich der Melodie ... warte nicht auf andere, die mit dir tanzen, vielleicht ist die Melodie vorbei, bist du sie gefunden hast ... tanz, auch, wenn du ganz allein bist, wenn niemand mit dir tanzt ... kümmere dich nicht darum, was die anderen sagen oder denken mögen – kann sein, daß sie dich nicht verstehen, dich auslachen – weil sie die Melodie nicht hören ... du aber tanz, sei, werde Melodie ...«

Und der kleine Drache tanzte ... sie wiegte sich zärtlich hin und her, streichelte die Luft, sie tanzte.

Diese Melodie im Herzen setzte sie zierlich die Pfoten auf den Boden, ganz behutsam, als wolle sie die Melodie nicht verjagen – aber je mehr sie selbst Melodie wurde, umso lebendiger wurden ihre Bewegungen, umso wilder ihr Stampfen – um wieder zu einem sanften Wiegen zu werden.

Schön, dachte der kleine Drache, einfach schön. Und momentelang fühlte sie »ja, das ist es ...« – dieses Einssein mit der Melodie, das war es, wonach sie sich im Innersten ihres Herzens gesehnt hatte ...

Leise verklang die Melodie – und die Verzauberung löste sich behutsam von dem kleinen Drachen ...
Sie stand da, mitten im Wald, die Vorderpfoten weit ausgebreitet, als wolle sie das Leben umarmen – und war zutiefst glücklich ...

Einen Herzschlag lang war sie am Ziel ihrer Sehnsucht angelangt – und wußte doch gleichzeitig, daß dies nicht »angekommen-sein« hieß, sondern neues »unterwegs-sein«.

Aber es ist gut so, dachte sie. Es läßt sich nicht festhalten, es ist nichts, das ich besitzen kann – sondern das ist diese brennende Sehnsucht im Herzen ... und eine Melodie, die unverhofft erklingt ...

*Der kleine Drache drehte sich* langsam um und ging zu dem Baum zurück, unter dem sie gelegen hatte – plötzlich stutzte sie ... da saß doch etwas ... ja, da saß ein kleines schwarz-weißes Etwas und guckte sie an. Sie näherte sich vorsichtig, hielt die Luft an ... doch, es war die kleine Katze aus ihrem Traum, von der Moya gesagt hatte, sie würde vielleicht kommen, wenn die Zeit da sei ...

Vorsichtig, Schritt für Schritt ging sie näher – voll Angst, die Katze würde aufspringen und davonlaufen ... aber sie blieb sitzen, ihre Augen voll Interesse auf den Drachen gerichtet.

»Guten Tag«, sagte sie plötzlich, und der kleine Drache erwiderte aufgeregt: »Hallo!« – »Es war schön, wie du getanzt hast«, meinte die Katze. »Oh«, der kleine Drache errötete leicht, »du hast es gesehen?« – »Hm, es war nett, dir zuzusehen. Aber warum setzt du dich eigentlich nicht?« Immer noch verwirrt kratzte sich der Drache wieder einmal am Kopf, setzte sich schließlich neben die Katze und fragte etwas zusammenhangslos: »Hast du eigentlich keine Angst vor mir?«

»Nö«, sagte die Katze, »warum sollte ich denn?« – »Aber bisher haben alle vor mir Angst gehabt, weil ich ein Drache bin ...« – »Mag ja sein«, und dem kleinen Drachen war es, als huschte ein Lächeln über ihr Gesicht, »aber Drachen sind schließlich auch nur Tiere – und vielleicht haben dich die anderen nie tanzen gesehen?«

Der kleine Drache schaute ziemlich überrascht – woher wußte die Katze das? »Ich weiß es nicht, aber es liegt als Erklärung doch ziemlich nahe, findest du nicht?« Doch, als der kleine Drache darüber nachdachte, mußte sie zugeben, daß die Katze vielleicht nicht unrecht hatte ...

Sie schaute die Katze an – und je länger sie sie ansah, umso wärmer wurde ihr ums Herz. Irgend etwas kribbelte ganz komisch in ihrem Bauch. Sie wollte so gerne in ihrer Nähe sein, ihre Stimme hören, sie immerzu ansehen. Zögernd tastete sich ihre Pfote zu der kleinen Katze hinüber, um auf halbem Weg wieder anzuhalten. Nein, sie traute sich nicht – und hätte doch so gerne ihr Fell gestreichelt. Die Katze hatte die Bewegung gespürt, ging aber taktvollerweise nicht darauf ein. »Du«, sagte sie, »ich glaube, du bist nicht unrecht – was hast du denn so vor?« »Was ich vorhabe?«, der kleine Drache glaubte, nicht recht verstanden zu haben, »ich bin unterwegs – auf dem Weg zu meinem Traum ...« – »Hm«, machte die Katze, »da geht's dir so wie mir – sag, hast du Lust, ein Stück Weg miteinander zu gehen?« Der Drache war mit dieser direkten Anfrage und dem verlockenden Angebot im Moment doch leicht überfordert: »Ja, wenn du meinst ...« – »Willst du oder willst du nicht?« fragte die Katze zurück, und »versprechen kann und mag ich dir überhaupt nichts – aber probieren können wir es ja einmal als Weggefährten miteinander, oder?«

*Der kleine Drache war überrascht* von all dem, was da plötzlich auf sie zukam. Und in ihrer Verwirrung suchte sie ein wenig Halt an dem, was wohl nie falsch war: »Übrigens, ich heiße ›Hab-mich-lieb‹ «, stellte sie sich vor. »Tu ich schon«, grinste die Katze frech zurück, »ich heiße Ferdinand.«

Und unser kleiner großer, schrecklich-dreinguckender Drache war schlichtweg verdattert. Sie ahnte, der Weg, der vor ihr lag, würde wohl noch ziemlich spannend und aufregend werden. Na gut – warum eigentlich nicht?

»Ja«, sagte sie nachdenklich zu dem Kater, »ja, ich mag mit dir gehen ...« Der Kater nickte, griff nach seinem Rucksack, warf ihn sich über die Schulter und sagte, »also, was hält uns hier noch?« Und so wanderten die beiden los, der untergehenden Sonne entgegen ...

*Kater sind eben so*

Neues vom kleinen Drachen Hab-mich-lieb

*Wer Unterschiede achtet,*
*gewinnt Einheit.*
*Wer Unterschiede aufhebt,*
*dem wuchern sie ins Vielfache aus.*

Tagore

*Lieber Moya,*

*ich muß Dir unbedingt erzählen, was mir passiert ist, seit ich von Dir weggegangen bin. Stell Dir vor – ich habe die Melodie gehört! Ganz plötzlich, als ich es gar nicht erwartete! Und ich habe getanzt!!*

*Dann war auf einmal die Katze da – denk Dir, die Katze, von der ich immer geträumt habe! Die Katze ist übrigens ein Kater und heißt Ferdinand. Und er ist ganz arg nett!!*

*Jetzt sind wir zusammen unterwegs. Du kannst Dir gar nicht vorstellen, wie glücklich ich bin!*

*Ferdinand will heute noch zum Waldwinkel, dort weiß er eine Hütte, wo wir übernachten können. Moya, ich denke gern an Dich – danke für alles!*

*Herzlichst,*

*Dein*
*kleiner Drache Hab-mich-lieb*

*P.S. Ich geb diesen Brief einer Krähe mit, die Dich kennt. Falls Du gelegentlich mal Lust und Zeit hast, mir zu schreiben – sie weiß, wo wir zu finden sind!*

*Nachdenklich hielt Moya,* der Zauberer, den Brief in den Händen. Vor einigen Tagen, auf dem Heimweg zu seiner Hütte, war er in der dunklen Nacht über den kleinen Drachen gestolpert. Verletzt und völlig entkräftet hatte sie mitten auf dem Weg gelegen, und er hatte sie zu seiner Hütte gebracht.

Am nächsten Tag erfuhr Moya ihre Geschichte: Unzufrieden mit dem Alltagstrott, erfüllt von einem Traum, hatte der kleine Drache ihre Höhle verlassen und sich auf den Weg gemacht. Aber das war schwerer, als sie es sich vorgestellt hatte – sie war einsam und wurde nicht verstanden. Die anderen Tiere lachten über diesen seltsamen Drachen, die so ganz anders war, als man es von Drachen eigentlich gewöhnt war, sie wurde angegriffen und verletzt. Als Moya sie fand, wußte sie nicht mehr weiter. Er behandelte ihre Wunden und hörte ihr zu. Mit seiner Hilfe verstand der Drache einiges von dem, was ihr auf diesem Weg geschehen war.

Einige Tage später brach sie erneut auf, um ihren Traum zu suchen. Moya gab ihr zum Abschied den Namen »Hab-mich-lieb«. Er erzählte ihr von der Melodie, und in dem kleinen Drachen wuchs die Sehnsucht, sie zu hören und zu tanzen. Moya wußte, daß der Weg des kleinen Drachen nicht leicht werden würde – jemand, der so voll Sehnsucht ist, wird immer auf der Suche sein. Und wer die Melodie einmal gehört hat, wird sich mit oberflächlichen Antworten nicht mehr zufriedengeben.

*Jetzt war es also geschehen –*
der kleine Drache hatte die Melodie gehört, sie hatte den Mut gehabt zu tanzen – und war Ferdinand, dem Kater, begegnet. Kurz entschlossen griff Moya zu Papier und Feder.

*Lieber kleiner Drache Hab-mich-lieb,*

*danke für Deinen Gruß! Du hast die Melodie gehört und hast getanzt? Das ist ganz kostbar, und ich freu mich für Dich!*

*Jetzt bist Du also mit dem Kater zusammen. Nachdem Du so lange alleine unterwegs warst, ist das bestimmt eine gute Erfahrung. Ich wünsch Dir jedenfalls, daß es ein guter Weg sein möge, den Ihr beide da miteinander geht!*

*Vergiß die Melodie nicht, und auch nicht*

*Deinen Freund*

*Moya*

*Moya klebte das Kuvert zu*

und winkte der schwarzen Krähe, die auf einer Eberesche saß. »Weißt du den Weg zum kleinen Drachen?« fragte er, und die Krähe nickte. »Sei so lieb und bring ihr diesen Brief!«

Im Waldwinkel ließ die Krähe den Brief genau über dem kleinen Drachen fallen. »Post von Moya!« rief sie heiser krächzend. Hab-mich-lieb griff danach und hielt ihn einen Moment lang zögernd in den Pfoten. Was würde Moya schreiben? Ob er das mit Ferdinand verstehen würde? Der kleine Drache war ein wenig unsicher.

Schließlich riß sie den Umschlag auf und las Moyas Zeilen. Ihr wurde ganz warm ums Herz – Moya hatte recht! Ja, genau das war es – es war gut, nicht mehr alleine unterwegs zu sein, den Kater an der Seite zu haben. Wie hatte sie nur zweifeln können, daß Moya das verstehen würde? Schön, solche Freunde zu haben, dachte sie erleichtert.

»Das muß ich unbedingt Ferdinand erzählen!« rief sie und sprang auf. Ferdinand? Wo war er? Vor einer halben Stunde hatte er gesagt, er wolle noch eine kleine Runde drehen, und war im nahen Wald verschwunden. Seitdem war er nicht wiedergekommen. Hab-mich-lieb lief ein Stück in den Wald hinein und rief laut: »Ferdin-« – »Psssttt!« knurrte es unter einer Hecke hervor. Der Drache senkte ihre Stimme: »Ferdinand??« – »Pst!« Der Drache flüsterte nur noch: »Was ist denn, Ferdinand? Was machst du denn da?« und hob, vorsichtig näher kommend, ganz behutsam ihre Pfoten – so gut Drachen das eben können. »Da, schau mal!« wisperte Ferdinand und deutete auf eine Blume. Hab-mich-lieb sah zunächst einmal gar nichts, schob sich noch etwas vor und lugte in den Blumenkelch hinein. Darin saß eine kleine Spinne, in ihren Fängen ein kleines Insekt, das sich verzweifelt bemühte, die klebrigen Fäden, die es umfangen hielten, loszuwerden. »Ohhh!« flüsterte der kleine Drache mitleidig, »das arme Tier! Kann man ihm nicht irgendwie helfen?« Ferdinand sah zu ihr hoch: »Du, ich glaub, das müssen die untereinander ausmachen. Da dürfen wir uns nicht einmischen.« Hab-mich-lieb nickte, ja, das sah sie schon ein – weh tat es ihr trotzdem. Aber weil Ferdinand so gebannt von diesem Schauspiel war, hockte sie sich daneben und schaute ebenfalls zu.

Später am Abend, als Ferdinand und der Drache gemütlich in der Hütte zusammensaßen, fiel Hab-mich-lieb Moyas Brief wieder ein. »Du, ich muß dir noch was erzählen!« sagte sie eifrig. »Moya hat mir heute geschrieben, du weißt doch, der Zauberer, bei dem ich einige Zeit war.« Sie schaute zu Ferdinand hinüber, der sich das Fell putzte. »Und?« kam es schließlich von ihm zurück. – »Er freut sich, daß wir miteinander unterwegs sind! Und er wünscht uns, daß es ein guter Weg ist!« Ferdinand blickte kurz auf und brummte: »Na, fein!« Dann sagte er plötzlich: »Gehen wir schlafen? Ich bin müde – es war doch ein harter Tag heute!« Der kleine Drache zögerte ein wenig, sicher, Ferdinand hatte recht, sie war eigentlich auch müde. Aber es wäre doch schön gewesen, wenn sie ihm noch von Moya hätte erzählen können …

*Früh am Morgen* kitzelten die Sonnenstrahlen den kleinen Drachen in der Nase. Blinzelnd öffnete sie die Augen, gähnte ausgiebig, räkelte sich – und schaute sich nach Ferdinand um. Fast hätte sie ihn nicht entdeckt, so war er in seiner Decke eingemummelt. Nur die grauschwarze Schwanzspitze lugte am Fußende hervor – und der kleine Drache schmunzelte. Sie rollte sich möglichst geräuschlos aus dem Bett heraus und schlich in die Küche. Ein guter Kaffee und Speckeier würden Ferdinand bestimmt schmecken.

Der Kater erwachte von den vielen guten Gerüchen. Zuerst zitterten die Schnurrbarthaare, die Nase zuckte, schließlich schob sich eine Pfote unter der Decke hervor, eine zweite folgte – dann stand Ferdinand in der Küche, schnupperte und sagte: »Speckeier und Kaffee? – Hervorragend!!«

Nach dem Frühstück saßen sie faul vor der Hütte zusammen. Ferdinand sah nachdenklich in die Welt hinein. Der kleine Drache schaute ihn an, das Fell des Katers glänzte seidig in der Morgensonne. »Weißt du«, sagte Ferdinand, »ich kenn da einen Bären, den ich gerne einmal wiedersehen würde. Urs lebt hier mit seiner Familie irgendwo in den Bergen. Hättest du Lust?« – Lust? Für den kleinen Drachen war das gar keine Frage. Ein alter Freund von Ferdinand? »Gern«, sagte sie, »das wird bestimmt nett!« Der Kater nickte. »Urs ist nicht einfach – aber ich glaube, ihr werdet euch verstehen.«

»Na, dann pack ich mal unsere Sachen zusammen«, sagte der kleine Drache und griff nach der Kaffeetasse.

Kurz darauf brachen Ferdinand und Hab-mich-lieb auf, den Bergen entgegen. Der kleine Drache hatte der Krähe Bescheid gesagt für den Fall, daß Moya sie suchen würde. Jetzt freute sie sich auf den Tag. Es war gut, mit dem Kater unterwegs zu sein. Ferdinand kannte sich in der Gegend aus und wußte bei Wegkreuzungen immer, wo es langging. Sie konnte »Schau mal, der wunderschöne Ahorn dort!« sagen und brauchte es nicht einfach nur zu denken. Sogar miteinander zu schweigen war schön. Als der kleine Drache müde wurde, sagte Ferdinand aufmunternd: »Komm, die Kurve da gehen wir noch, und dann schauen wir, was dahinter ist!« Wirklich, sie schaffte es, und dann war der Weg so herrlich, daß sie ihre Müdigkeit ganz vergaß.

»Komisch«, sagte der kleine Drache auf einmal, »früher ist mir nie aufgefallen, wie schön es ist, mit anderen unterwegs zu sein!« – »Naja«, meinte Ferdinand, »woher solltest du das wissen? Du warst doch immer alleine, oder?« – Der kleine Drache nickte.

Ob Ferdinand dieses gemeinsame Wandern wohl auch als angenehm empfand? »Magst du es denn?« fragte sie schließlich zögernd. »Was?« gab Ferdinand zurück. »Naja, daß wir jetzt zusammen ...« Der Kater dachte einen Augenblick nach: »Doch, ich glaub schon. Ich streife ganz gern in der Gegend umher.« Hab-mich-lieb schaute Ferdinand ein bißchen enttäuscht an – dann aber fragte sie: »Woher kennst du Urs eigentlich?« Ferdinand lachte. »Einmal hatte ich ungeheure Lust auf Fisch. Ich suchte einen Bach, legte mich auf die Lauer und wartete. Aber es war verflixt, kein Fisch ließ sich sehen, und mein Magen knurrte immer lauter. Plötzlich schoß etwas an mir vorbei, ich schlug zu – und lag im eiskalten Wasser, der Fisch war natürlich weg. Dafür hörte ich ein schallendes Gelächter: Am anderen Ufer stand ein großer Bär und hielt sich mit seinen Vorderpfoten am Bauch fest, um vor Lachen nicht umzufallen. Ich war wütend, sag ich dir! Aber gegen diesen Bären und sein Lachen konnte ich nichts machen. Urs, das war dieser Bär, trottete durch den Bach zu mir herüber, kicherte immer wieder einmal vor sich hin, und bevor ich noch richtig nachdenken konnte, hieb er mir seine Pranke auf die Schulter und sagte: ›Das war zu schön! Komm, auf den Schreck lade ich dich zu einem Honigbier ein!‹ Naß wie ich war, brachte er mich zu seiner Höhle, in der ein warmes Feuer brannte, gab mir ein Handtuch und drückte mir ein Glas Honigbier in die Hand. Seitdem sind wir Freunde und gehen immer wieder einmal miteinander fischen.«

Hab-mich-lieb war überrascht stehengeblieben. Wenn sie sich richtig erinnerte, hatte Ferdinand noch nie so viel am Stück gesagt. Das mußte ja wirklich ein besonderer Kerl sein, dieser Urs.

*Der Tag neigte sich dem Ende zu,* als Ferdinand und Hab-mich-lieb endlich den Fuß der Berge erreichten. Der Drache war müde, ihre Pfoten schleiften nur noch über den Boden, und der Kater blickte besorgt zu ihr hinüber. »Es ist vielleicht noch eine Stunde – meinst du, daß du es schaffst?« fragte er. »Doch«, sagte Hab-mich-lieb tapfer, »es wär schön, wenn wir heute abend noch bei deinem Freund ankämen!« – Ein Lager in einer gemütlichen Höhle war sicher angenehmer als eine Wiesenkuhle.

Aber der Weg dehnte sich endlos, und immer wieder mußte der Kater auf Hab-mich-lieb warten. Ängstlich schaute sie Ferdinand an, ob er ungeduldig würde, weil sie so lange brauchte – doch er hatte aufmunternde Worte für sie bereit, und seine Schnurrbarthaare zuckten überhaupt nicht.

Trotzdem, der kleine Drache ärgerte sich über sich selbst. Ihr war es nicht recht, daß der Kater auf sie Rücksicht nehmen mußte. Während sie laut schnaufend den steilen Weg hinaufging, bekam sie plötzlich Angst. Sie mochte diesen Kater so gerne, liebte es, mit ihm unterwegs zu sein – und wünschte sich so sehr, daß auch er sie ein wenig leiden könnte. Und jetzt kam sie nicht einmal den Berg hoch …

Ein tiefes Knurren unterbrach ihre Gedanken. Sie zuckte zusammen und schaute sich instinktiv nach einem Versteck um – Ferdinand aber rief: »Urs!! Ich bin's, Ferdi!!!« Dem Knurren folgte ein großer brauner Bär, der sich aus einer Hecke heraus auf den Weg schob. »Ferdi!« rief der Bär, »es wird Zeit, daß du endlich mal wieder kommst!« – er lief auf Ferdinand zu, umschlang ihn kräftig mit seinen Armen, bis der Kater quietschte. Urs ließ los, trat einen Schritt zurück, sah ihn an: »Gut schaust du aus!« Dann nahm er den kleinen Drachen in den Blick: »Wen hast du uns denn da mitgebracht?« Ferdinand wurde förmlich »Darf ich vorstellen? Das ist Hab-mich-lieb. Sie ist auf dem Weg, ihre Träume zu suchen. Und das«, sagte er zu Hab-mich-lieb, »ist Urs, von dem ich dir schon erzählt habe.« – »Ich freue mich, dich kennenzulernen!« sage Hab-mich-lieb schüchtern und reichte Urs eine Pfote. Der Bär schüttelte sie kraftvoll. »Schön, daß Ferdinand seine Freundin mitgebracht hat – meine Frau wird sich freuen, daß sie jemanden zum Tratschen hat, wenn Ferdi und ich jagen gehen!«

Der kleine Drache schaute Urs aufmerksam an, so müde sie auch war. Das also war Ferdinands Freund …

Urs trabte neben ihnen her, den Hohlweg hinauf. »Wir sind gleich da«, sagte er zu Hab-mich-lieb, denn er sah, wie müde sie war. Wirklich, nach der nächsten Kurve blieb Urs stehen, schob einige Äste zur Seite und ließ den Kater und Hab-mich-lieb hindurch: »Da sind wir!« Er hob eine Decke hoch, die vor dem Eingang der Höhle hing. »Ich bring Besuch mit!« rief Urs. An einem Feuer erhob sich eine große schöne Bärin, und aus einer Ecke sprangen zwei junge Bären herbei, die vor Freude quietschten, als sie Ferdinand sahen. Sie fielen über ihn her, und der Kater spielte mit, fauchte, ließ sich überrollen, sprang über sie hinweg – und erst, als es verdächtig klirrte, ließen sie voneinander ab. Hab-mich-lieb, die der Balgerei zugeschaut hatte, sah nun zu der Bärin. Sie machte einen Schritt auf sie zu, zögerte ein bißchen, dann sagte sie: »Ich heiße Hab-mich-lieb, und …«, sie kam ins Stocken. Wie sagte man das denn am besten? »… und ich bin grad mit dem Kater unterwegs.« Sie war froh, daß ihr dieser Ausdruck eingefallen war. Die Bärin sah sie freundlich an: »Schön, daß du mitgekommen bist. Ich bin Taya, die Frau von Urs, und dies hier«, sie zeigte auf die beiden kleinen Bären, »sind Tobi und Bruni.« Hab-mich-lieb gab ihnen die Pfote und sah sich dann in der Höhle um. Sie war gemütlich, Felle hingen an den Wänden, das Feuer knisterte, und es roch verheißungsvoll nach Essen.

Als ob Taya ihre Gedanken erraten hätte, sagte sie: »Macht es euch bequem. Ich habe für Urs Kartoffelsuppe gekocht, es ist genug da!«

Hab-mich-lieb setzte sich auf ein Fell und nahm den Suppenteller, den Taya ihr herüberreichte. Die angenehme Wärme machte sie müde, sie gähnte. Ferdinand sah es: »Leg dich doch hin, Hab-mich-lieb.« – »Und ihr?« fragte der kleine Drache. »Urs und ich werden noch ein bißchen erzählen, was wir so erlebt haben, und dann gehen wir sicher auch bald schlafen.« Hab-mich-lieb gähnte erneut: »Ja, das ist wohl das Beste.« Taya zeigte ihr das Lager. Der kleine Drache wickelte sich in die Decke, dachte einen Gedanken lang an Ferdinand, ein Lächeln zog über ihr Gesicht – und schon war sie eingeschlafen.

*Am nächsten Morgen erwachte sie* von einer geschäftigen Unruhe. Tobi und Bruni rannten herum und versuchten doch, leise zu sein. Taya rührte in einem Topf über dem Feuer und summte eine Melodie vor sich hin. Von Ferdinand und Urs war nichts zu sehen. Hab-mich-lieb kostete eine Sekunde lang noch die wohlige Geborgenheit aus und kroch schließlich unter der Decke hervor. »Guten Morgen, Taya!« sagt sie. Die Bärin schaute auf und fragte: »Na, hast du gut geschlafen?« – »Herrlich«, antwortete Hab-mich-lieb. »Magst du einen Kaffee?« – »Oh, das wäre schön!« der kleine Drache strahlte. »Wo sind denn Urs und Ferdinand?« fragte sie, die warme Kaffeetasse in den Pfoten haltend. »Bei denen ist es doch spät geworden heute nacht – sie haben kurz geschlafen und sind dann zum Fischen«, sagte Taya. Die Bärin blickte zu Hab-mich-lieb und meinte: »Du hast ihn wohl gerne, deinen Kater?« – Hab-mich-lieb nickte: »Ja, ich mag ihn.« – »Und liebt er dich auch?« fragte Taya interessiert. »Ich weiß nicht«, sagte der kleine Drache unsicher. »Wir sind zusammen unterwegs – aber ob Ferdinand mich …?« Sie zögerte, das Wort auszusprechen. Was war das überhaupt, »Liebe«? »Taya, du bist doch jetzt schon so lange mit Urs zusammen – was ist das, Liebe?« – »Früher habe ich gedacht, es sei Liebe, wenn man den anderen gern hat, ganz in ihm aufgeht, immer füreinander da ist«, Taya war ernst geworden. »Und heute?« – »Heute denk ich manchmal, Liebe ist das ›trotzdem‹ ...« »Das ›trotzdem‹?«, Hab-mich-lieb sah die Bärin verständnislos an. Taya kam nicht dazu, ihre Gedanken weiter auszuführen, denn draußen vor der Höhle waren Stimmen zu hören. »Oh«, sagte sie, »ich glaube, Urs und Ferdinand sind zurück!« Sie lief rasch hinaus: »Na, habt ihr Glück gehabt?« Urs brummte vor sich hin, Ferdinand aber zeigte voller Stolz einen riesengroßen Fisch. »Ein Lachs«, sagte er, »und ganz ohne Urs' Hilfe!« – »Fein«, freute sich Taya, »das gibt ein schönes Mittagessen!«

Hab-mich-lieb machte sich nicht viel aus Fischen, und Ferdinands Begeisterung war ihr etwas rätselhaft. Ihre Gedanken waren noch bei dem Gespräch mit Taya. Liebe ist das ›trotzdem‹? Wie hatte sie das wohl gemeint?

Ratlos sah der Drache zu Ferdinand hinüber, der zufrieden vor der Höhle lag. Liebte sie den Kater? Sie wußte es nicht. Da war ein Kribbeln in ihrem Bauch, wenn sie ihn sah oder seine Stimme hörte. Sie war gerne mit ihm unterwegs, mochte seine Ideen und das, was er alles konnte – aber war das schon Liebe? Und mit ›trotzdem‹ hatte es auch nichts zu tun.

»Du, Ferdinand?« begann sie zögernd. »Hm?« – »Sag mal, was ist das, Liebe?« – Ferdinand sah sie erstaunt an: »Wie kommst du denn darauf?«- »Och«, der kleine Drache war verlegen, »ich denk halt drüber nach ... – weil ... », jetzt begann sie doch wirklich zu stottern, »äh ja, – Taya hat mich gefragt, ob ich dich gern habe ...« – »Und?« fragte Ferdinand neugierig. »Ich hab gesagt, daß ich dich mag und gerne mit dir unterwegs bin!«

Hab-mich-lieb war verlegen und ärgerlich zugleich. Es war gar nicht einfach, das dem Kater so direkt zu sagen. »Und das hat was mit Liebe zu tun?« frage Ferdinand interessiert. »Ja, das weiß ich eben auch nicht ...«, sagte Hab-mich-lieb verwirrt. Ferdinand wurde nachdenklich, »ich glaube, Liebe ist ein Traum, der mit der Wirklichkeit gar nichts zu tun hat. Vielleicht heißt Liebe ganz einfach, den anderen so zu sehen, wie er sein will –«, Ferdinand wurde jäh unterbrochen, weil Bruni heranjagte und ein großer Ball auf seinem Rücken landete: »Spielst du mit uns?« – »Klar«, sagte Ferdinand gutmütig und erhob sich, um blitzschnell den Ball Bruni durch die Beine hindurchzurollen, auf Tobi zu, der hinter ihr stand und rasch begriff. Er warf den Ball wieder Ferdinand zu, und Bruni konnte sich recken und strecken, sie kam nicht an ihn heran.

Der kleine Drache beschloß, vorerst nicht weiter über die Liebe nachzudenken. Es schien doch schwieriger zu sein. Sie machte es sich vor der Höhle im warmen Sonnenschein bequem und schaute den beiden Bärenkindern und Ferdinand zu, die wild umhertobten – Bruni und Tobi noch etwas unbeholfen und langsam, der Kater kraftvoll und elegant. Es ist schön ihm zuzuschauen, dachte sie, und legte den Kopf auf ihre Pfoten.

*Nach dem Mittagessen*

machten der Kater und Urs ein Schläfchen. Die Nacht war doch recht kurz gewesen. Taya spülte das Geschirr, und deshalb war wohl auch von beiden Bärenkindern nichts zu sehen. Hab-mich-lieb griff nach einem Handtuch, trocknete die Teller ab und fragte so ganz nebenbei: »Bist du eigentlich zufrieden?« Taya wurde ernst: »Du siehst es ja – Urs ist unterwegs und sorgt dafür, daß wir zu essen haben, ich kümmere mich um Tobi und Bruni und um die Höhle.« Dem kleinen Drachen war es, als ob Traurigkeit in diesen Worten war. »Und?« fragte sie behutsam. »Was heißt schon zufrieden?« gab Taya zurück, »es ist nicht schlecht – Urs ist ein netter Kerl, Tobi und Bruni machen eigentlich auch eher Freude. Aber ich bin halt gebunden – und so, wie ich es mir mal vorgestellt habe, ist es sicher nicht.« – »Und da läßt sich nichts ändern?« fragte Hab-mich-lieb. »Ja, was willst du denn machen? Da sind die Kinder, da ist die Höhle, Urs will sein Mittagessen …« – »Ja, aber …«, der kleine Drache war ganz aufgeregt, »du kannst doch auch jagen – warum gehst du denn nicht mal raus und Urs kümmert sich um die Kleinen und die Höhle?« – Taya lachte: »Ach, Urs und Hausarbeit. Wir hätten wohl keine unbeschädigte Tasse mehr und die Kinder wären furchtbar verzogen. Und Urs ohne sein geliebtes Fischen?« Der kleine Drache sah Taya nachdenklich an – irgend etwas stimmte da nicht. Gedanken und Fragen jagten in ihrem Kopf umher, es war wohl besser, jetzt allein zu sein.

Sie schlenderte von der Höhle fort, wanderte durch den Wald, hatte keine Augen für die Walderdbeeren, die leuchtend rot unter grünen Blättern hervorschauten, hörte das Zwitschern der Vögel nicht. Plötzlich lichtete sich der Wald, und vor ihr lag eine wunderschöne Blumenwiese. »Die sieht ja fast so aus wie die Wiese vor meiner Höhle daheim«, dachte Hab-mich-lieb erstaunt. Sie ging einige Schritte in das dichte Gras hinein, streichelte einen Löwenzahn, pflückte eine Butterblume und steckte sie sich hinters Ohr, bückte sich und sah dem Tanz eines Schmetterlings zu. Schließlich legte sie sich ins Gras, verschränkte die Pfoten hinter dem Kopf, kaute auf einem Grashalm und sah in die endlosen Weiten des Himmels hinein. Ein bißchen Friede und Zuversicht zog in ihr Drachenherz ein. Sie mochte diesen Kater, und ein klein wenig, da war sie sich fast sicher, mochte Ferdinand sie wohl auch – hätte er sie sonst mit zu seinen Freunden genommen? Und wenn zwei sich so mochten, dann würde man doch wohl einen Weg finden, wie man gut miteinander leben konnte. Sie jedenfalls würde alles tun, damit Ferdinand glücklich ist. Und mit diesem Gedanken schlief sie ein und spürte das leichte Kitzeln schon nicht mehr, als sich ein Schmetterling vorwitzig auf ihrer Schnauze niederließ.

*»Hab-mich-lieb! Hab-mich-lieb«,*

von fern kamen Rufe an ihr Ohr. Der kleine Drache setzte sich auf, schaute zum Waldrand hinüber – wirklich, da kamen Tobi und Bruni angejagt und, ein bißchen gemütlicher hinterher, Ferdinand. »Hallo!« sie winkte mit der Pfote. »Hier bist du also!« japste Tobi, »wir haben dich schon ... – ja, sag, wie siehst du denn aus?« Der kleine Bär brach in schallendes Gelächter aus, in das Bruni einstimmte – und sogar Ferdinand schmunzelte. »Warum, was ist?« fragte der kleine Drache verständnislos. »Schau dich doch mal an«, lachte Bruni. Und tatsächlich – als Hab-mich-lieb an sich herunterschaute, mußte sie in das Gelächter der drei einstimmen: auf ihrer Haut war der Blütenstaub der Blumen hängengeblieben, und sie war jetzt blau und gelb und rot und weiß gesprenkelt ... ein bunter Drache! Mit ihren Pfoten wedelte sie den Blütenstaub herunter, und Tobi und Bruni putzten ihr den Rücken sauber – nicht ohne sie dabei immer wieder einmal in den Schwanz zu kneifen oder zu kitzeln. »Warum habt ihr mich eigentlich gesucht?« fragte Hab-mich-lieb schließlich. »Es gibt Pfannkuchen zum Abendessen«, erklärte Tobi, »und ich habe so einen Hunger!!« – »Ja, dann komm ich wohl besser mit!« Die beiden Bärenkinder stürmten voraus, Ferdinand und der kleine Drache schlenderten langsam hinterher. Hab-mich-lieb schaute Ferdinand an, faßte sich ein Herz und sagte: »Schön, daß du da bist!« Ihre Pfote stahl sich zu ihm hinüber und nahm seine Pfote ganz behutsam in ihre Pfote. Der Kater drückte sie ganz leicht – und als ob sie es vereinbart hätten, ließen beide sofort wieder los.

Urs und Taya hatten in ihrem Leben noch nie zuvor einen verliebten kleinen Drachen gesehen – aber als sie Hab-mich-lieb anschauten, wußten sie, was geschehen war. Sie tauschten miteinander einen kurzen Blick, und Taya ahnte, daß Hab-mich-lieb an diesem Abend wohl keine große Lust mehr zum Nachdenken über die Liebe hätte. Die Bärin dachte wehmütig an die Zeit zurück, als sie Urs kennengelernt hatte. Das war eine wunderschöne Zeit, in der man wie auf Watte durch die Welt ging, einerseits nur noch Augen und Ohren für denjenigen, den man liebt und doch zugleich in einer ganz neuen Art offen für die Welt. Es waren Tage und Wochen, in denen man alles kann, sich alles zutraut, weil man sich geliebt weiß und liebt, in denen der Alltag einen goldenen Schimmer bekommt, das Herz höher schlägt, alles prickelnde Spannung ist.

Taya seufzte, doch, schön war es damals gewesen. Hab-mich-lieb fragte besorgt: »Hast du irgendwas, Taya?« – »Nein, nein, es ist schon gut, der Teig für die Pfannkuchen ist nur etwas zu dick geraten!« Aus eigener Erfahrung wußte sie gut, daß es wenig Sinn hatte, verliebte Bären auf die Realitäten des Lebens hinzuweisen – und das galt für kleine Drachen vermutlich genauso.

*Es wurde ein gemütlicher Abend,* wenn auch Hab-mich-lieb nicht allzuviel davon mitbekam. Ferdinand und Urs erzählten aus ihrem doch recht bewegten Leben, Taya ergänzte gelegentlich eine Geschichte aus ihrer Sicht oder fragte nach – der kleine Drache aber war einfach still geworden. Manchmal schaute sie den Kater an – aber dann mußte sie auch immer ganz schnell wieder wegschauen. Wenn Taya das mitbekam, schmunzelte sie ein klein wenig.

Als sie schlafen gingen, nahm der Kater Hab-mich-lieb zur Seite und fragte: »Was hältst du davon, wenn wir uns morgen wieder auf den Weg machen?« Der kleine Drache zögerte. Es wäre sicher schön, mit dem Kater alleine zu sein, ohne junge Bären, die in den ungeeignetsten Momenten störten, und auch ohne Urs und Taya, die sich schon so mit ihrem Leben abgefunden hatten. Andererseits, Hab-mich-lieb hatte sich hier auch wohl gefühlt, es tat gut, einmal nicht unterwegs sein zu müssen. Aber wenn der Kater gerne aufbrechen wollte, warum nicht? »Gut«, sagte sie. »Wohin gehen wir?« – »Ich hätte Lust, noch ein bißchen mehr in die Berge hineinzugehen. Die Gegend kenne ich noch nicht so gut.« – Hab-mich-lieb seufzte, in die Berge hinein ... sie hatte den Aufstieg zu Urs' Höhle noch deutlich vor Augen. Als ob Ferdinand ihre Gedanken erraten hätte, sagte er: »Du packst das schon!« Naja, dachte Hab-mich-lieb, wenn Ferdinand meint ...

Am nächsten Morgen erzählte der Kater Urs und Taya von ihrem Entschluß. Sie protestierten ein bißchen – aber sie konnten es auch ganz gut verstehen, daß die beiden allein sein wollten.

Wieder einmal packte der kleine Drache ihre Sachen zusammen und verabschiedete sich von den Bären. »Taya?« – »Ja?« fragte die Bärin zurück. »Das mit dem ›trotzdem‹ habe ich immer noch nicht verstanden. Heißt Liebe denn nicht ›weil‹ oder ›wegen‹? Wieso sagst du ›trotzdem‹?« Taya sah den kleinen Drachen liebevoll an: »Vielleicht ist gerade das ein Geheimnis der Liebe – und das mußt du selbst entdecken. Das kann ich dir nicht abnehmen und auch nicht erklären.« Sie nahm den kleinen Drachen herzlich in ihre Pfoten: »Alles Gute – und vergiß nie, wie es ist, wenn man liebt! Hier«, sie griff hinter sich, »ich habe noch ein Glas Honig für euch. Vielleicht kannst du es brauchen.« Hab-mich-lieb schluckte und nickte mit dem Kopf, »danke, Taya!« Urs strich ihr zärtlich-rauh über den Kopf, Bruni und Tobi reichten artig die Pfote – und dann waren der Kater und der kleine Drache wieder unterwegs.

*Lange gingen sie schweigend,* hingen ihren Gedanken nach, bis Hab-mich-lieb schließlich meinte: »Das war schön bei deinen Freunden.« – »Ja«, sagte Ferdinand, »es war ganz nett.« Wieder war es still. »Weißt du denn schon, wo du hin willst?« fragte Hab-mich-lieb dann. »Nö«, sagte der Kater, »mal schauen, wo der Weg hingeht.« Besonders gesprächig ist Ferdinand heute morgen ja nun grad nicht, ärgerte sich der kleine Drache, doch dann fiel ihr ein, daß der Kater ja die vorletzte Nacht fast nicht geschlafen hatte. Sicher war er jetzt noch müde.

Hatte sie irgend etwas Falsches gesagt? Hab-mich-lieb wurde es plötzlich ganz heiß, und krampfhaft überlegte sie, was sie gesagt und getan hatte, das vielleicht verkehrt gewesen war.

»Du, Ferdinand?« ihre Stimme klang zögernd. »Ja?« – »Bereust du es eigentlich, daß du mich mitgenommen hast?« – Ferdinand fiel aus allen Wolken: »Wie kommst du denn darauf?« fragte er erstaunt. »Och, nur so ...«, murmelte Hab-mich-lieb verlegen und rot bis über beide Ohren. Sie war doch wirklich dumm, schalt sie sich. Gestern nachmittag noch hatte der Kater ihr die Pfote gedrückt – und nur, weil er jetzt mal keine Lust zum Reden hatte, dachte sie gleich ... warum war sie nur so unsicher?

Hab-mich-lieb war nachdenklich, aber zugleich erleichtert – ihre Phantasie hatte ihr wohl doch nur einen Streich gespielt. Ihr Schritt wurde etwas leichter, sie summte vor sich hin. »Spar deinen Atem!« mahnte Ferdinand, »du wirst ihn noch brauchen!« Hab-mich-lieb hörte sofort auf – schade, dachte sie, gerade jetzt hätte ich Lust gehabt, vor mich hinzusummen.

Die beiden wanderten den Berg hinauf, Ferdinand hatte recht gehabt, es wurde zunehmend steiler. Hab-mich-lieb, als Drache doch ein wenig stärker und kräftiger gebaut als der Kater, schnaufte und schnappte nach Luft. »Am besten gehst du voran«, schlug der Kater vor, »mach lieber ganz langsam und lauf gleichmäßig, als daß du zu schnell wirst und Pausen machen mußt. Das bringt dich nur aus deinem Rhythmus.«

Der Kater mochte ja seine Erfahrungen gemacht haben – im kleinen Drachen sträubte sich trotzdem etwas. Aber im Moment hatte sie wirklich keine Kraft, darüber nachzudenken: Der Weg verlangte alles. Sie kämpfte um jeden Schritt – vielleicht um die Selbstachtung vor sich zu bewahren oder um sich vor dem Kater nicht zu blamieren ...

Auch der längste und steilste Weg endet einmal auf einem Gipfel – und Hab-mich-lieb ließ sich vor lauter Erschöpfung mitten auf dem Weg fallen. Der Kater dagegen kletterte munter und überhaupt nicht müde in den Felsen umher und rief plötzlich: »Hei, komm mal her, Hab-mich-lieb! Hier ist was Tolles!« – Nein, dachte der kleine Drache, nichts, aber auch gar nichts konnte sie von ihrem Platz weglocken. Sie hatte diesen Berggipfel erreicht, das war schon mehr, als sie selbst erwartet hatte. Mochte der Kater nur herumturnen ...

»Hab-mich-lieb, jetzt komm doch! Das mußt du unbedingt gesehen haben!!« Der kleine Drache seufzte. »Hab-mich-lieb!«, das Rufen wurde eindeutig drängender. »Was ist denn?« fragte sie unwillig zurück. »Jetzt komm halt schon her und schau es dir an!« – zugegeben, es war nicht einfach, dem Rufen des Katers zu widerstehen. Der kleine Drache jedenfalls schaffte es nicht. Sie erhob sich stöhnend und trottete langsam in die Richtung, aus der die Stimme Ferdinands gekommen war. Sie kletterte über einige Felsbrocken, hielt inne, um Atem zu holen, um schließlich keuchend beim Kater anzukommen: »Was ist denn los?« – »Da, sieh doch, der Bergsee!« Der Kater wies mit der Pfote den Hang hinab. Ein Bergsee? Der kleine Drache glaubte nicht recht gehört zu haben. »Sagtest du, ein Bergsee?« – »Ja, schau doch, wie er glitzert! Und siehst du die dunklen Flecken dort? Das sind ganz bestimmt Hechte!« der Kater war vollkommen begeistert. »Und deswegen hast du mich hergerufen??« – »Ja«, sagte Ferdinand so selbstverständlich, daß es dem kleinen Drachen den Atem verschlug, »oder hast du vielleicht schon einmal so große Hechte gesehen? Wenn man da einen fangen könnte …« Der Kater leckte sich genießerisch die Schnauze, die Schnurrbarthaare zuckten vor Aufregung. Verständnislos sah der kleine Drache den Kater an. Wegen dieser paar Fische also war sie über die Felsen geklettert und hätte sich fast noch ein Bein gebrochen – es war nicht zu fassen.

*Sie sagte den ganzen Tag nichts* zu diesem Bergsee. Aber im Laufe der Stunden, die sie miteinander auf dem Gipfel verbrachten, wuchs ihre Wut. Sie verausgabte sich bis an ihre Grenzen, kletterte in Felsen herum, brach sich fast die Knochen, um sich dann einen Bergsee mit Hechten anzuschauen. Die seltenen Blumenarten dagegen, die zu ihrer Überraschung hier oben wuchsen, waren viel schöner. Aber als sie Ferdinand die zeigen wollte, hatte er dafür keine Augen gehabt.

In den frühen Abendstunden, Hab-mich-lieb hatte gerade eine ganz seltene Blume entdeckt, mahnte Ferdinand zum Aufbruch. Da explodierte der kleine Drache: »Ich soll mir deine Fische anschauen – aber wenn ich dir meine Blumen zeige, willst du ins Tal zurück!« Der Kater sah sie erstaunt an, dann sagte er kühl: »Bitte – du kannst gerne hier oben übernachten. Aber wenn du ein warmes Nachtlager haben willst, dann wäre es vielleicht besser, du kommst mit ins Tal.« – Das Dumme war, daß der Drache sogar in ihrer Wut einsah, daß der Kater recht hatte. Und das ärgerte sie vielleicht sogar am meisten.

Hab-mich-lieb ging schweigend hinter Ferdinand her. Jetzt war sie wütend über sich selbst. Sie war so müde gewesen, und Ferdinand hatte von ihren Blumen nichts wissen wollen. Sie suchte nach einem versöhnlichen Wort, aber ihr fiel nichts ein. So stapfte sie hinter dem Kater her, der sie höflich auf Unebenheiten des Weges und herabhängende Äste aufmerksam machte. Die Angst kroch wieder in ihr hoch. Würde Ferdinand sie jetzt verlassen? Blieb sie allein zurück? Ob der Kater sie überhaupt noch mochte? Ihr Magen verkrampfte sich, Tränen stiegen hoch. Der Weg verschwamm vor ihren Augen, sie stolperte über einen Stein und fiel der Länge nach hin. Die Pfoten taten fürchterlich weh – und der kleine Drache schluchzte. Als der Kater sich besorgt über sie beugte, weinte sie noch mehr und schlang zugleich ihre Pfoten um ihn.

Ferdinands Frage: »Was hast du denn?« klang eher sachlich als zärtlich, löste aber trotzdem einen neuen Tränenstrom bei Hab-mich-lieb aus. Sie verstand ja dieses Durcheinander selbst nicht – wie um alles in der Welt hätte sie es Ferdinand erklären sollen.

Der Kater schaute sich um, entdeckte eine geschützte Mulde, und führte den kleinen Drachen hin. »Komm«, sagte er, »hier bleiben wir für die Nacht – ich mache uns ein Feuer, und dann wird dir ganz schnell warm.« Fürsorglich wickelte er Hab-mich-lieb in ihre Decke und ging los, um Holz zu suchen. Der kleine Drache tat ihm leid – was mochte sie so verstört haben?

Als er zurückkam, weinte der kleine Drache leise vor sich hin. Ferdinand baute einen Holzstoß auf und entzündete ihn mit einem Streichholz. Das trockene Holz fing rasch Feuer und warf ein warmes Licht. Als er nach dem kleinen Drachen sah, war Hab-mich-lieb mit ihren Tränen eingeschlafen. Ferdinand setzte sich auf die Hinterpfoten, schaute in das Feuer – und dachte nach.

## *Spät in der Nacht*

wachte Hab-mich-lieb auf. Sie schnaufte einmal kurz auf, drehte sich schlaftrunken auf die andere Seite, zog die Decke über den Kopf – und fror an Schwanz und Hinterpfoten. Noch einmal drehte sie sich herum, doch es half nichts. So öffnete sie blinzelnd die Augen, sah das warm glimmernde Licht des Feuers und, etwas an der Seite, zwei grünleuchtende Punkte. Zuerst war sie verwirrt – doch dann fragte sie leise »Ferdinand?« – »Ja?« – »Schläfst du nicht?« der Drache hatte sich jetzt ein wenig aufgesetzt. »Katzen schlafen nachts selten und Kater sowieso nicht ...«, sagte Ferdinand. Hab-mich-lieb war erstaunt – Kater schliefen nachts nicht? Komisch, das war ihr noch nie aufgefallen. Naja – sie schlief ja schließlich, da konnte sie es kaum wissen. »Ja, aber, wann schläfst du dann?« fragte sie neugierig, inzwischen hellwach. »Och«, sagte Ferdinand, »da mal eine Stunde und dort. Das kommt schon ganz gut hin.« – »Und nachts – was machst du da?« – »Unterwegs sein, ein bißchen jagen, den Mond anschauen, mich mit Freunden unterhalten, nachdenken ... was man halt nachts so tut ...«

Manchmal war dieser Kater ganz anders als sie – ob sie ihn jemals begreifen würde?

»Ferdinand?« die Stimme des kleinen Drachen zitterte ein wenig. »Hm?« – »Ich würde dich so gerne verstehen ...« – Die Stimme des Katers klang warm: »Den anderen zu verstehen, das ist ganz schwer, Hab-mich-lieb. Oft versteht man sich ja selbst nicht – und vielleicht will man sogar deshalb eher den anderen verstehen. Selbst, wenn es einmal gelingt, sich selbst oder den anderen zu verstehen – in dem Moment, wo man meint, verstanden zu haben, ist es schon wieder vorbei.« Hab-mich-lieb dachte nach. Sie verstand und verstand zugleich doch nicht. Aber ein bißchen fühlte Hab-mich-lieb sich getröstet, vielleicht einfach deshalb, weil der Kater so ernsthaft auf ihre Frage eingegangen war.

Auf einmal knurrte ihr der Magen. Ferdinand lachte: »Also gut, essen wir was, ist vielleicht das Vernünftigste.« Aus seinem Rucksack holte er Brot, Käse, Salami und ein großes Messer hervor. Sogar eine Flasche Rotwein war auf einmal da und zwei Becher dazu. Hab-mich-lieb war hungrig und langte kräftig zu.

Nach dem Essen gähnte der kleine Drache, der Rotwein hatte müde gemacht. Ferdinand warf noch einige Scheite Holz auf das Feuer, so daß die Funken flogen, und meinte: »Warum schläfst du nicht ein wenig?« Der kleine Drache gähnte erneut: »Ich glaube, das ist eine gute Idee … und du?« Ferdinand rieb sich mit der Pfote über das Auge: »Ich leg mich auch hin, jetzt bin ich doch ein bißchen müde.« Hab-mich-lieb wickelte sich in ihre Decke, Ferdinand drehte sich um sich selbst – und in kurzer Zeit waren sie eingeschlafen. Am Himmel funkelten die Sterne, der Mond ging hinter dem Berg auf und in weiter Ferne krächzte eine Eule.

*Hab-mich-lieb wachte auf,* als ein Sonnenstrahl ihre Schnauze kitzelte: »Haaaatschiiiii!« nieste sie laut und vernehmlich. »Gesundheit«, kam es zurück. Der kleine Drache, noch nicht so ganz wach, schaute sich um, Ferdinands Lager war leer. »Guten Morgen!« wünschte eine Stimme. Schließlich entdeckte Hab-mich-lieb in einem Baum einen schwarz-weiß gefiederten Vogel. »Guten Morgen!« sagte der kleine Drache höflich, »wer bist du denn?« Der Vogel flog einen Ast tiefer: »Ich bin Eiki, die Elster!« Der kleine Drache betrachtete sie interessiert – solch einem Vogel war sie noch nie in ihrem Leben begegnet. »Was schaust du mich denn so an?« fragte Eiki. Der kleine Drache errötete: »Oh, entschuldige – aber ich habe noch nie eine Elster gesehen!« – »Na, jetzt siehst du also eine«, meinte Eiki ungerührt, »bist du der kleine Drache?« – »Ja«, sagte Hab-mich-lieb überrascht, »woher weißt du das?« – »Och, Elstern wissen so manches«, antwortete Eiki und plusterte sich ein wenig auf. »Weißt du dann vielleicht, wo Ferdinand ist?« fragte der kleine Drache besorgt. »Der Kater? Der ist vor gut einer Stunde dort in die Richtung gegangen.« Die Elster wies mit dem Kopf auf einen kleinen See ganz in der Nähe. Hab-mich-lieb blickte hinüber, konnte aber Ferdinand nicht entdecken. Na, er würde schon wieder kommen, vielleicht war er fischen.

»Du, Eiki«, der kleine Drache setzte sich interessiert auf ihre Hinterpfoten, »sag mal, weißt du wirklich so viel?« – »Es kommt halt darauf an, was du wissen willst!« antwortete die Elster. Ja, was wollte sie eigentlich wissen? Hab-mich-lieb dachte nach und drehte dabei mit der Pfote in ihren wenigen Stirnhaaren. Schließlich fragte sie zögernd: »Wenn man jemanden mag und gern mit ihm zusammen ist und so ...« Die Elster lachte: »Du bist ein bißchen verliebt, wie? Der Kater?« Hab-mich-lieb nickte: »Ja, ich glaub schon – und dabei weiß ich nicht mal, was Liebe ist!« Die Elster seufzte: »Wenn ich dir das sagen könnte ... weißt du, jeder spricht von Liebe – aber manchmal habe ich den Eindruck, keiner weiß so recht, was es denn genau ist. Das Einzige, was ich weiß, ist, daß man Liebe und das, was man liebt, nicht festhalten darf. Liebe ist wie ein Vogel – wenn du sie einsperrst und festhalten willst, stirbt sie. Wenn du aber gut zu ihr bist, ihr ein wenig Heimat bietest und zugleich die Freiheit läßt, wird sie immer wieder zu dir zurückkehren.« Hab-mich-lieb hörte aufmerksam zu: »Ja, und wie mach ich das?« Die Elster schwieg lang, dann sagte sie: »Es ist schwer, das zu beschreiben. Eine Umarmung kann manchmal schon der Versuch sein, den anderen festzuhalten. Streck deine Pfoten aus, als Einladung – aber halt den anderen nicht fest! Und laß auch dich nicht festhalten!« Hab-mich-lieb schaute die Elster verwirrt an. »Liebe – das ist schwer und einfach zugleich«, sagte Eiki schließlich. »Wenn Liebe nur einfach und schön oder nur schwer und problematisch ist, dann mußt du aufpassen. Solange Liebe aber schön und problematisch, einfach und schwer ist, solange ist Spannung, Energie und Kraft da. Lebendigkeit bedeutet, daß es beides gibt.«

Hab-mich-lieb dachte angestrengt nach. Was Eiki sagte, ließ den vergangenen Tag in einem ganz anderen Licht erscheinen. Da war viel Spannung gewesen – aber es war nicht immer angenehm.

»Leben ist nicht nur schön«, sagte Eiki, als ob sie ihre Gedanken erraten hätte. »Und Lieben auch nicht. Trotzdem, vor dem Leben und der Liebe kann man nicht davonlaufen.« Hab-mich-lieb nickte, ja, das sah sie ein. »Eiki, danke. Du weißt wirklich viel!« – »Na, dann ist es ja gut«, sagte die Elster lässig, »wenn es dir nur was genutzt hat. Ich flieg jetzt ein bißchen weiter. Ich wünsche dir, daß deine Liebe, was auch immer das sein mag, lebendig bleibt!« »Mach's gut!« sagte Hab-mich-lieb leise und sah der davonfliegenden Elster lange nach.

*Hab-mich-lieb hatte nachdenklich* den Kopf auf die Pfoten gestützt. Das war gar nicht einfach, jemanden gern zu haben. Sie seufzte und schaute nach dem Kater, aber der war nirgends zu sehen. Vielleicht konnte sie ja schon mal Kaffee kochen, Ferdinand würde sich freuen – und ihr täte eine Tasse sicher auch gut. Hab-mich-lieb griff nach einem Topf. Wo mochte es Wasser geben? Vielleicht war dort unten bei dem See eine Quelle?

Hab-mich-lieb trabte los. Als sie sich dem See näherte, entdeckte sie einen Bach, der lustig durch die Wiese floß, vor sich hin summend und raunend. An einer sandigen Stelle, an der sich das Wasser ein wenig staute, bekam Hab-mich-lieb Lust, die Pfote hineinzuhalten. »Prruu!« – das Wasser war doch ganz schön kalt. Sie probierte es nochmals ... doch, jetzt ging es. Schön war es, wie das Wasser ihre Pfote umspielte, sie patschte ein bißchen herum und quiekte auf, als ein Spritzer auf ihrer Schnauze landete.

Es war schön hier im Bach, die Sonne kletterte allmählich höher und wärmte, Hab-mich-lieb geriet ins Träumen. Eigentlich – es wäre doch schön, wenn der Kater und sie zusammenbleiben würden. Vielleicht könnten sie sich irgendwo eine kleine Hütte bauen oder eine Höhle finden, in der sie bleiben konnten – ob Ferdinand wohl Höhlen mögen würde? Na egal, dann eben eine kleine Hütte. Ferdinand konnte jagen und fischen, sie würde die Hütte in Ordnung halten, Beeren suchen und Pilze. Abends würden sie gemütlich vor dem Feuer zusammensitzen, erzählen oder auch schweigen, vielleicht würde sich der Kater in ihre Vorderpfoten hineinkuscheln … Hab-mich-lieb errötete wieder einmal.

Herrjeh, der Kaffee, fiel es ihr plötzlich ein. Bestimmt war Ferdinand schon lange zurück und wartete auf sie – und sie lag hier herum und träumte vor sich hin. Entschlossen stand der kleine Drache auf und wischte die Pfoten im Gras trocken. Sie griff nach dem Henkeltopf, das Wasser hier sah so klar und sauber aus, daß man es sicher trinken konnte, und tauchte den Topf tiefer hinein. Sie lief zurück, sorgsam bemüht, nicht allzuviel vom Wasser zu verschütten. Ob Ferdinand wohl schon da war? Ob er verärgert darüber war, daß sie so lange fortgeblieben war?

*Erleichtert sah sie,*
daß der Kater noch nicht zurück war. Sie sammelte einige Holzknüppel, entfachte das Feuer neu und hängte den Wasserkessel darüber. So, jetzt konnte der Kater kommen!

Das Wasser summte im Topf – aber der Kater kam nicht. Hab-mich-lieb war beunruhigt: Wo er nur blieb? So lange war er noch nie weggewesen ... hoffentlich war ihm nichts passiert! Sie schaute besorgt in den Wald und zum See hinunter – ihr war inzwischen die Lust auf Kaffee vergangen. Angst kroch in ihr hoch. Was war nur mit Ferdinand geschehen?

Es ging auf Mittag zu, und vom Kater war weit und breit nichts zu sehen. Hab-mich-lieb war verzweifelt: sie sah den Kater, von Felsen abgestürzt, tot in einer tiefen Schlucht liegen – oder vielleicht war er doch einfach weggegangen, hatte sie verlassen? Tränen stiegen in Hab-mich-lieb hoch. Jetzt hatte sie den Kater gefunden, nur um ihn wieder zu verlieren.

*Von fern hörte sie ein munteres Pfeifen.* Erstaunt spitzte sie die Ohren, wischte sich die Augen und schaute sich um. Tatsächlich: drüben am Berghang lief Ferdinand die Wiese hinunter und pfiff fröhlich vor sich hin. Hab-mich-lieb schloß für einen Moment die Augen: Ferdinand war wieder da! und dann rannte sie ihm entgegen, nahm ihn in ihre Pfoten, so daß er fast keine Luft mehr bekam. »Was ist denn mit dir los?« fragte Ferdinand endlich, nachdem er zu Luft gekommen war. »Du erdrückst mich ja!« – Der kleine Drache zögerte. Jetzt, wo der Kater so lebendig vor ihr stand, schienen ihr alle Ängste dumm und unsinnig zu sein. »Du, ich hab Angst gehabt!« sagte sie schließlich zögernd. »Ach«, sagte der Kater, »mir passiert schon nichts.« – Hab-mich-lieb sah ihn hilflos an: »Du, vorhin habe ich Kaffee gekocht. Er ist jetzt ein bißchen stark geworden – aber vielleicht magst du ihn trotzdem noch?«

»Danke«, sagte Ferdinand, »aber ich habe gefrühstückt.« – »Du hast gefrühstückt? Ja, aber wo denn?« der kleine Drache war überrascht. »Bei einer Freundin von mir, einer einsamen alten Wölfin, die hier in der Nähe wohnt. Sie hat sich sehr gefreut, daß ich sie wieder mal besucht habe.« So wie Ferdinand das erzählte, klang alles ganz selbstverständlich. Aber Hab-mich-lieb spürte einen Stich im Herzen: Sie hatte Todesängste um den Kater ausgestanden – und der saß ganz gemütlich bei einer alten Freundin … und frühstückte.

Sie schaute Ferdinand an und wußte nicht so recht, was sie sagen sollte. Schließlich stand sie schwerfällig auf und meinte: „Dann kann ich den Kaffee ja wohl weggießen …« Sie zögerte noch einen Moment, aber als Ferdinand schwieg, griff sie nach dem Topf – um ihn mit einem lauten Schmerzensschrei fallen zu lassen. »Hast du dich verbrannt?« fragte Ferdinand besorgt, »komm, laß mal sehen!« Hab-mich-lieb murmelte: »Ist schon gut«, schniefte ein wenig und steckte die Pfote in die Schnauze. Es tat furchtbar weh, aber sie wollte sich nichts anmerken lassen.

Ferdinand hatte unterdessen den Topf aufgehoben, die letzten Tropfen herausgeschüttelt und ihn mit einem Lappen trockengewischt, bevor er ihn in seinem Rucksack verstaute. »Was meinst du, Hab-mich-lieb, sollen wir so allmählich aufbrechen?« – der kleine Drache schaute noch einmal nachdenklich ihre Pfote an, auf der sich eine kleine Brandblase bildete, und sah dann zu Ferdinand hinüber. »Hm«, sagte sie, »von mir aus …« – Sie packte ihre Sachen, was jetzt natürlich ein wenig langsamer ging als sonst. Ferdinand stand geduldig daneben und schaute zu. »Ob du mir bei der Decke wohl mal helfen könntest?« bat Hab-mich-lieb. »Klar«, sagte Ferdinand und griff zu. »Willst du nicht doch lieber was auf die Pfote tun – eine Salbe oder so?« fragte der Kater. »Nönö, das geht schon, wenn wir jetzt laufen, brauche ich die Pfote ja nicht.« Die beiden schulterten Rucksack und Bündel und liefen los.

Inzwischen stand die Sonne hoch am Himmel, es war warm geworden. Der Drache und der Kater schwitzten und freuten sich, als der Weg schließlich in einen schattigen Wald führte.

»Puh, tut das gut!« stöhnte Hab-mich-lieb erleichtert. »Sag mal, Ferdinand, wohin gehen wir heute eigentlich?« – Der Kater sah sie spitzbübisch an: »Laß dich überraschen – ich weiß was ganz Feines, das dir bestimmt Spaß machen wird! Es ist auch nicht mehr weit.« Hab-mich-lieb wurde neugierig: »Was ist es denn??« – »Was Schönes!« lächelte der Kater, »mehr verrat ich nicht!«

*Der kleine Drache überlegte.*

Ob Ferdinand ihr wohl eine Freude machen wollte, weil er heute morgen so lange weggeblieben war? Oder ob sie ihm leid tat, wegen der Pfote? Und was mochte das wohl sein, was er ihr zeigen wollte?? Ein schrecklicher Gedanke kam ihr. »Ferdinand?« – »Ja?« – »Aber es sind doch wohl keine Hechte?« fragte sie zögernd. Der Kater sah sie verdutzt an, dann erinnerte er sich an den Nachmittag auf dem Berg und lachte laut heraus: »Nein, es sind keine Hechte – das versprech ich dir! Ich glaube schon, es wird dir Spaß machen ...«

Hab-mich-lieb zerbrach sich den Kopf, aber dann sah sie ein, daß das Grübeln keinen Sinn hatte. Ferdinand würde nichts verraten – und von alleine kam sie sicher nicht drauf. Es half nichts, sie mußte Geduld haben, so schwer ihr das auch fiel.

Je weiter sie wanderten, um so größer wurde ihre Spannung – und schließlich konnte sie ihre Neugier nicht mehr zurückhalten: »Sind wir denn nicht bald da?“ – Ferdinand schmunzelte:

»Doch«, sagte er, »da vorn hinter der Kurve, da ist es ...« – Hab-mich-lieb warf einen Blick zu Ferdinand hinüber, packte mit der gesunden Pfote ihr Bündel fester und setzte sich in Trab, Ferdinand folgte gemächlich. Der kleine Drache verschwand hinter der Kurve – und der Kater hörte ein staunendes »Oooohhhh!!!« Er freute sich, die Überraschung schien gelungen zu sein. Als er um die Kurve bog, wäre er beinahe in den kleinen Drachen hineingerannt. Ferdinand stellte sich neben sie: »Schön?« – »Wunderschön!« hauchte der kleine Drache.

Vor den beiden lag eine herrlich bunte Blumenwiese, auf der einige Birken und Tannen standen. Ein kleiner Bach plätscherte munter durch das Gras und ergoß sich in einen kleinen Weiher, auf dem weiße Seerosen blühten. Das war schon etwas anderes als der kalte Bergsee dort oben zwischen den Felsen! »Schön«, sagte der kleine Drache nochmals, »wirklich wunderschön! Und heute bleiben wir hier?« Ferdinand lächelte verschmitzt. »Du kannst natürlich gerne hierbleiben, wenn du es unbedingt möchtest – aber schau dir das andere wenigstens erst mal an!« – »Das andere? Welches andere denn?« – Der Kater lief noch einige Schritte und bog in einen kleinen Trampelpfad ein. Vor ihnen stand eine kleine, dunkle Holzhütte direkt am Ufer. Ferdinand griff hinter einen Geranientopf und holte einen großen Schlüssel hervor, mit dem er die Tür aufsperrte. Dann öffnete er die Fensterläden, und Licht fiel in das Innere. Die Hütte war rustikal eingerichtet, rot-weiß-karierte Vorhänge und bunte Flickenteppiche wirkten einladend. »Nein, wie hübsch!!« rief der Drache, lief in der Hütte herum und strich dort behutsam über einen

Tisch, hier über ein Regal mit bunten Keramiktellern, da über ein Kopfkissen. Der kleine Drache liebte diese Hütte sofort – sie erinnerte sie an die Hütte Moyas. »Ferdinand – was ist das für eine Hütte? Woher kennst du sie? Wem gehört sie? Dürfen wir hier wirklich übernachten? Und –« – Ferdinand unterbrach sie lachend. »Halt, Hab-mich-lieb – so viele Fragen kann ich nun wirklich nicht auf einmal beantworten. Wenn du möchtest, können wir heute nacht hierbleiben. Aber wenn du natürlich lieber auf der Wiese am Seeufer ...« – »Nein, nein!« widersprach der Drache und erkannte einen Moment zu spät, daß der Kater sie nur hatte necken wollen. Ferdinand lachte, und der kleine Drache ärgerte sich, daß sie auf seinen Spaß hereingefallen war. Dann aber siegte wieder ihre Neugier: »Komm – erzähl weiter!« – »Ja, wir können hier bleiben, solange wir wollen ...« – »Solange wir wollen?« unterbrach ihn Hab-mich-lieb verblüfft. »Ja, das hab ich doch grad gesagt, aber wenn du mich immer unterbrichst, kann ich nicht erzählen!« erwiderte der Kater, »diese Hütte und der See gehören der alten Wölfin, die ich heute morgen besucht habe. Sie hat das alles einmal geschenkt bekommen – ich weiß nicht genau, von wem und warum. Aber sie ist lieber in ihrer Höhle in den Bergen, und deshalb dürfen ihre Freunde die Hütte benutzen, wann immer sie wollen.« – »Komisch«, wunderte sich Hab-mich-lieb, »das kann ich nicht verstehen. Ich wär gerne hier!« – »Doch, ich find auch, es ist hübsch«, meinte der Kater, »und weißt du, was wir jetzt machen?« – Der Drache sah ihn erwartungsvoll an: »Was denn?« – »Wir gehen schwimmen!«

*Der kleine Drache war entsetzt:*

»Wir gehen schwimmen?? Aber, ich kann doch gar nicht schwimmen!« – »Du kannst nicht schwimmen?? Ja, warum denn nicht?« Die Idee des Katers hatte Hab-mich-lieb völlig verunsichert. »Ich kann's halt nicht«, sagte sie, mit einem leichten Ärger in der Stimme. »Du hast es auch nie probiert?« der Kater war fassungslos, daß es jemanden gab, der nicht schwimmen konnte. »Nein«, sagte der Drache kurz. »Du weißt gar nicht, was du alles verpaßt!« versuchte der Kater, den kleinen Drachen zu locken, »versuch's doch wenigstens mal, es gibt auch keine Hechte!« – »Ich hab keine Lust!«, sagte Hab-mich-lieb verbockt. Mußte der Kater ihr diesen schönen See und die Hütte mit seinem dummen Schwimmen so verleiden? Sollte er doch schwimmen, wenn er unbedingt wollte – ihre Sache war das jedenfalls nicht. Schließlich lebte man ja nicht auf dem Land, um ins Wasser zu gehen. Überhaupt – sie hatte noch nie von Katzen gehört, die gerne schwimmen. Und genau das sagte sie dann auch.

*Der Kater sah sie an:*

»Schade! Das ist eigentlich das Schönste am See!« und trollte sich zum Wasser. Hab-mich-lieb räumte noch ein wenig in der Hütte hin und her, ärgerte sich über sich selbst – mußte sie denn immer gleich so schroff reagieren? – und ging schließlich zum See hinunter. Weit draußen spritzte Wasser hoch, dem Kater schien es Spaß zu machen. Der kleine Drache hielt vorsichtig eine Pfote in das Wasser und zog sie sofort wieder zurück: »Brrrrhhh!!! Ist das kalt!« Wie konnte man nur schwimmen und dabei auch noch Spaß haben?! Sie verstand das einfach nicht.

Sie ging ein wenig am Ufer entlang, schaute ab und an einmal zu Ferdinand hinüber, hoffentlich passierte ihm nichts! Plötzlich fiel ihr Blick auf einen Strauch, der voll schwarzer reifer Früchte hing. »Das sind ja Brombeeren!« rief sie überrascht. Sie naschte zwei oder drei Beeren, aber dann holte sie in der Hütte einen Krug. Während sie pflückte, kamen wieder die Gedanken. Ob Ferdinand wohl böse auf sie war, weil sie nicht schwimmen konnte? Jetzt hatte er ihr eine Freude machen wollen – und sie hatte so komisch reagiert. Aber sie konnte halt nun mal nicht schwimmen. Vielleicht lachte er jetzt sogar über sie ... – plötzlich zuckte der kleine Drache zusammen und stieß einen hellen Schrei aus – etwas Kaltes hatte sich auf ihre Schulter gelegt. »Schön frisch, was?« sagte der Kater. Hab-mich-lieb drehte sich um und sah ihn an, seine Augen strahlten vor Lebenslust, ein Wassertropfen hing auf der pechschwarzen Schnauze, das nasse Fell klebte am Körper. Er hatte sie zwar zu Tode erschreckt, aber als sie ihn so sah, konnte sie ihm nicht böse sein. So sagte sie eher zärtlich als vorwurfsvoll: »Du hast dich ganz schön rangeschlichen!« – »Du warst auch so vertieft. Hast du über Brombeeren nachdenken müssen?« – »Naja, nicht gerade darüber ...«, gab der Drache zögernd zu. »Sondern?« fragte Ferdinand interessiert und begann, sich das Fell zu putzen. »Ach«, der Drache zögerte, »jetzt hast du mir was Gutes tun wollen, und dann kann ich noch nicht mal schwimmen.« – »Das macht doch nichts, Hab-mich-lieb. Übrigens, ich hab einen Riesenhunger. Meinst du, wir könnten was essen?« – »Klar«, sagte Hab-mich-lieb, »ich mach was!« und trabte, den Topf Brombeeren in der Pfote, der Hütte zu. Unterwegs drehte sie sich noch mal um und rief: »Lieber Speckeier oder Kartoffelpuffer?« – »Speckeier und Kartoffelpuffer!« rief Ferdinand zurück. Hab-mich-lieb lachte.

Hab-mich-lieb gab sich Mühe mit dem Essen. Während die Speckeier in der Pfanne brutzelten, der Kartoffelpufferteig zum Ausbacken bereitstand, pflückte sie ein paar Blumen und stellte sie in eine Vase. Sie sah den gedeckten Tisch an, rückte die Serviette gerade, drehte den Teller ein wenig herum – der Kater sollte sehen, daß sie wenigstens das konnte. Sie rührte die Speckeier nochmals durch und rief den Kater. Als sie die Schüssel vor ihn hinstellte, fragte er: »Ißt du nichts?« – »Ach, weißt du, Kartoffelpuffer müssen frisch gebacken sein, sonst schmecken sie nicht. Ich eß nachher eine Kleinigkeit, so groß ist mein Hunger auch nicht« und gab einen Löffel Teig in die heiße Pfanne. Während es in der Pfanne brutzelte, fragte Hab-mich-lieb beiläufig: »Sag mal, Ferdinand, meinst du, wir könnten hier ein paar Tage bleiben?« – »Warum nicht?« gab der Kater mit vollem Mund zur Antwort. »Schmeckt es dir?« – »Hm, fein!« – »Du könntest jeden Tag schwimmen gehen ...«, sie schaute zum Kater, der gerade mit den Speckeiern fertig geworden war, stellte ihm den Teller hin und gab wieder Teig in die Pfanne. »Doch, das wäre ganz nett«, sagte der Kater und machte sich über die Kartoffelpuffer her.

Nach dem Essen schlief der Kater. Hab-mich-lieb spülte das Geschirr, dann setzte sie sich vor die Hütte und schrieb an Moya.

*Lieber Moya,*

*dem Kater und mir geht es gut. Wir haben eine Hütte gefunden an einem wunderschönen See und werden wohl einige Tage hierbleiben. Schade, daß ich nicht schwimmen kann. Der Kater schwimmt nämlich so gerne. Es ist schön, nicht alleine zu sein. Der Kater macht mir Mut, wenn ich nicht mehr weiterkann – und er hat viele gute Ideen! Manchmal denke ich an Dich. Geht es Dir gut?*

*Dein kleiner Drache Hab-mich-lieb*

*P.S. Weißt du, was Liebe ist?*

*Hab-mich-lieb steckte den Brief* in einen Umschlag und schaute suchend umher, ob sie wohl einen Vogel fände, der den Brief zu Moya bringen könnte. Schließlich ging sie zum Wald hinüber. Auf einer Buche entdeckte sie eine Elster mit ihrem schwarz-weißen Gefieder.

»Hallo!« rief sie vorsichtig, um sie nicht zu erschrecken. Der Vogel lugte vorsichtig von dem Ast herunter: »Ja?« fragte er zögernd. »Guten Tag, ich bin Hab-mich-lieb«, stellte sich der kleine Drache höflich vor, »ich suche jemanden, der einen Brief zu Moya, dem Zauberer, bringt. Kannst du mir helfen?« – »Moya? Doch, ich glaub, ich weiß, wo der wohnt.« – »Würdest du mir den Gefallen tun?« fragte Hab-mich-lieb bittend. »Na gut«, sagte die Elster etwas herablassend. Sie flog einige Äste herunter und nahm den Brief in Empfang. »Danke«, Hab-mich-lieb war erleichtert, »grüß Eiki von mir, wenn du sie triffst!« Die Elster blickte etwas freundlicher: »Ach, du kennst Eiki? Ja, dann geht das mit deinem Brief auf jeden Fall klar!« – »Danke«, sagte Hab-mich-lieb nochmals und trabte zur Hütte zurück.

Die Elster flog noch am gleichen Abend zu Moya, ließ sich vor seiner Hütte nieder und warf den Brief auf die Bank. »Hier, Post für dich«, sagte sie zu ihm. »Danke«, Moya sah neugierig auf den Brief, »warte, ich geb dir was«. Er holte aus seiner Hütte ein Stück trockenes Brot und gab es der Elster. »Hier, für deine

Hin- und Herfliegerei!« – »Das ist aber nett«, sagte die Elster überrascht, nahm das Brot, knabberte ein wenig daran und fragte: »Soll ich etwas mit zurücknehmen?« Moya zögerte, er hatte die Schrift des Drachen erkannt und ahnte, daß es mit einer raschen Antwort wohl nicht getan wäre. »Sag einen Gruß«, meinte er schließlich, »und ich werde mich melden!« »Alles klar«, sagte die Elster und flog davon, das Brot im Schnabel.

Moya machte sich einen Kaffee und setzte sich vor die Hütte. Seine Gedanken gingen zu Hab-mich-lieb. Irgendwie hatte er den kleinen Drachen in sein Herz geschlossen.

Er öffnete den Brief und las die wenigen Zeilen schmunzelnd und nachdenklich zugleich. Ein Drache, über beide Ohren verliebt, das war wohl so eine Sache für sich. Ob sie noch an die Melodie dachte, die sie gehört hatte? Er seufzte und wandte sich der Sonnenblume zu, die so herrlich vor der Hütte blühte. Sie hatte es möglicherweise einfacher, aber ob es unbedingt besser war?

*Hab-mich-lieb goß gerade die Geranien,* als die Elster angeflogen kam. Sie legte das Brot auf den Tisch und sagte: »Moya läßt dich grüßen, und er wird sich melden!« – »Danke«, der kleine Drache freute sich, »würdest du mir wieder mal helfen, wenn ich dich brauche?« – »Klar«, sagte die Elster, »du findest mich drüben im Wald«, nahm das Brot in den Schnabel und flog davon.

Am Abend saßen Hab-mich-lieb und Ferdinand gemütlich vor der Hütte und schauten zu, wie die Nacht hereinbrach. Die Birken bewegten sich sanft im Abendwind, und ein Schwan glitt über den See. Hinter dem Wald ging groß und gelb der Mond auf. Hab-mich-lieb war still geworden, es war so schön, daß ihr ganz seltsam zumute wurde. In ihrem Bauch kribbelte es, ihre Pfoten zuckten vor Spannung. Sie würde jetzt doch so gerne ...

Sie sah den Kater an, der mit gespitzten Ohren in die Nacht hinein lauschte. Sie rutschte ein bißchen näher, ihre Pfote tastete sich zu ihm hinüber, zögerte noch einen Moment – und legte sich zärtlich auf den Rücken des Katers. Hab-mich-lieb hielt den Atem an: Was würde er jetzt tun? Würde er ruhig sitzenbleiben – oder würde er wegrutschen, die Pfote abschütteln?

Der Kater sah sie an: »Eine schöne Nacht, nicht wahr?« Hab-mich-lieb nickte: »Ja, wunderschön!« und fügte nach kurzem Zaudern leise hinzu: »Du, ich mag dich ...« Ihre Pfote streichelte sanft über das seidige Fell des Katers. Ferdinand hielt still, und Hab-mich-lieb, dieser große kleine Drache, war voller Zärtlichkeit.

Stundenlang hätte sie Ferdinand streicheln können. Es war schön, sein Fell zu spüren, ihm nahe zu sein. Allmählich ließ das Zittern ihrer Pfoten nach, ihr Herz schlug etwas ruhiger. Ein tiefes Gefühl des Glücks erfüllte sie. Ja, dachte sie, das ist es, das muß Liebe sein …

Nach einigen Minuten entzog sich Ferdinand behutsam ihrer Umarmung, stand auf und streckte sich: »Ich glaube, ich gehe noch ein bißchen jagen – die Nacht ist wirklich zu schön!« Hab-mich-lieb war enttäuscht und verletzt, ließ es sich aber nicht anmerken: »Ja, wenn du meinst …« – »Du kannst ruhig schon schlafen gehen«, sagte Ferdinand, »es wird sicher spät, bis ich komme.« Er sprang von der Bank herunter, drehte sich noch einmal zum kleinen Drachen um und winkte mit der Pfote. »Schlaf gut!« rief er ihr zu. »Gute Jagd!«

Als der Kater im nahen Wald verschwunden war, stiegen Tränen in Hab-mich-lieb hoch. Wie konnte der Kater jetzt nur jagen gehen? Warum ließ er sie allein? Sie war wütend und verletzt. Liebte Ferdinand sie vielleicht nicht? Es war ihr so schwer gefallen, ihm ihre Liebe zu zeigen – und er ging jagen. Er hätte doch auch etwas sagen können, hätte sie in seine Pfoten nehmen können. Und doch – er war sitzengeblieben, als sie ihn gestreichelt hatte. Vielleicht ging er ja wirklich nur deshalb jagen, weil die Nacht seine Zeit war, und es hatte gar nichts mit ihr zu tun?? Der kleine Drache war ratlos. Mit einem Mal fror sie. Sie holte sich eine Decke aus der Hütte und wickelte sich darin ein. Auch wenn der Kater gesagt hatte, sie solle schlafen gehen, sie würde jedenfalls auf ihn warten.

Es war früh am Morgen, als Ferdinand müde, aber ganz zufrieden mit sich und der Welt zurückkam. Einen Moment lang war er überrascht, als er auf der Bank vor der Hütte etwas Großes, Unförmiges liegen sah. Doch dann erkannte er an einer herunterhängenden Pfote, daß es der kleine Drache war, und lächelte. Behutsam schüttelte er Hab-mich-lieb wach. Sie knurrte leicht, doch schließlich öffnete sie schlaftrunken die Augen. »Was ist denn los?« fragte sie verwirrt. »Willst du nicht lieber im Bett weiterschlafen? Du holst dir hier draußen noch eine Erkältung!« sagte Ferdinand. »Ach, du bist's«, erkannte ihn Hab-mich-lieb, »ich habe auf dich gewartet!« – »Das wär nicht nötig gewesen«, meinte der Kater, »ich komm schon ganz gut alleine klar!« – Dieser Satz machte den kleinen Drachen hellwach: »Das ist es ja. Du kommst alleine klar, und ich will mit dir zusammen was machen. Vielleicht wäre ich ja ganz gerne heute nacht mit dir unterwegs gewesen!« Der Kater stellte sich gerade vor, wie sich der kleine Drache bemühte, lautlos durch das Gebüsch zu streifen, über Gräben zu springen, stundenlang schweigend am Bach zu sitzen, um einen Fisch zu fangen. Es half nichts – bei dieser Vorstellung mußte er doch schmunzeln. »Ja – und jetzt lachst du auch noch über mich!« fauchte der kleine Drache, sichtlich verletzt und böse. »Du liebst mich eben nicht – und daß ich dich liebe, ist dir völlig egal.« Der kleine Drache weinte. Ferdinand war betroffen und hilflos zugleich. »Ich lach doch nicht über dich, Hab-mich-lieb!« sagte er schließlich, und unbeholfen streichelte er ihr über den Rücken. »Wir sind nun einmal unterschiedlich – was willst du nachts im Wald?« Es sollte tröstend sein, erklärend – aber beim kleinen Drachen kam dies ganz anders an. »Was ich nachts im Wald will? Ich will bei dir sein – ist das denn so schwer zu verstehen?« der kleine Drache weinte zornig – und ärgerte sich zugleich, daß sie weinte. Für Ferdinand war das wirklich schwer zu verstehen. »Sag mal«, begann er vorsichtig, »was hältst du denn davon, wenn wir jetzt schlafen und morgen früh weiterreden?« Hab-mich-lieb schniefte: „Du willst nur nicht mit mir reden!« Jetzt wurde auch Ferdinand ärgerlich. »Ich will schon mit dir reden – aber nicht gerade morgens um vier! Ich geh jedenfalls schlafen!« Er stieg die Treppe hoch und warf die Hüttentür hinter sich zu. Hab-mich-lieb fing von neuem zu weinen an: Wie konnte Ferdinand nur so häßlich zu ihr sein – dabei hatte der Abend doch so schön begonnen …

Hab-mich-lieb verbrachte eine schlaflose Nacht. Sie fror entsetzlich, aber um nichts in der Welt wäre sie in die Hütte gegangen. Sie war vollkommen durcheinander. Wenn sie daran dachte, wie Ferdinand am Nachmittag pitschnaß mit seinen strahlenden Augen vor ihr stand, und wie schön es gewesen war, ihn zu streicheln, wurde ihr ganz warm und kribblig im Bauch. Und zugleich war sie wütend, weil er sie allein gelassen hatte. Wollte er sie nicht verstehen? Warum war er so abweisend zu ihr? Hab-mich-lieb verstand das nicht. Jetzt schlief er vermutlich tief und fest, während sie sich den Kopf über ihn zerbrach. Sie machte so viel für ihn, ging ihm zuliebe auf Berge, kochte das Essen, hielt die Hütte in Ordnung ... irgendwie kam ihr das bekannt vor. Woran erinnerte sie das nur? Richtig, Taya hatte Ähnliches erzählt – damals hatte sie gedacht, das könnte ja wohl nicht das wahre Leben sein. Und jetzt? Bei ihr war es nicht anders.

Hellwach setzte sich Hab-mich-lieb auf. Sie mochte den Kater sehr, sehr gerne, – aber irgend etwas machte sie falsch. Taya hatte nur zum Teil recht mit ihrem »Ja, trotzdem!« Liebe – das konnte doch nicht heißen, daß man sich einfach mit allem abfand. Ihr jedenfalls reichte das nicht. Und Ferdinand? Sie wurde unsicher – er war so anders. Vielleicht verstand sie ihn nur falsch? War diese Hütte nicht ein Beweis dafür, daß er sie mochte?

Ihre Gedanken drehten sich im Kreis. Wäre doch nur Moya hier! Er könnte ihr bestimmt weiterhelfen ... gleich morgen früh würde sie Moya schreiben. Schade, daß er nicht da war – und wenn sie zu ihm ginge, ihm alles erzählte? Ja, das war's! Wenn einer das Durcheinander begreifen könnte, dann Moya!! Ob Ferdinand das verstehen würde? Bestimmt ärgerte er sich, jetzt waren sie hier in dieser schönen Hütte – und sie ging zu Moya. Vielleicht würde er alleine weiterziehen? Aber das mußte sie riskieren. Sie hatte Angst – und wußte doch, daß der Weg richtig war.

*Hab-mich-lieb stellte die Ohren,* erstes Vogelgezwitscher war zu hören, der neue Tag brach an. Sie gähnte kräftig, rieb sich die Augen und entschloß sich, Kaffee zu kochen. Nach dieser Nacht hatte sie es wirklich nötig. Sie schlich sich in die Hütte, bemüht, den Kater nicht aufzuwecken. Sie stellte Wasser auf den Herd, dessen Feuer sie mit einigen Holzscheiten neu entfachte. Ohne es zu merken, pfiff sie auf einmal vor sich hin.

Ferdinand blinzelte zu dem kleinen Drachen hinüber, die sichtlich gut gelaunt war, und seufzte erleichtert auf. Etwas bedrückt hatte ihn das Gespräch der letzten Nacht schon. Er setzte sich auf, schnupperte interessiert und sagte dann: »Guten Morgen, Hab-mich-lieb!« – »Guten Morgen, Ferdinand! Schön, daß du wach bist. Es gibt Kaffee, falls du magst!« – »Gern«, freute sich der Kater. Die beiden saßen friedlich vor der Hütte, die Kaffeetassen vor sich. Hab-mich-lieb kämpfte mit sich: jetzt war es wieder mal so schön, sollte sie wirklich? Doch dann gab sie sich einen Ruck und sagte: »Du, Ferdinand?« – das »ja« des Katers kam zögernd. »Ich habe nachgedacht«, der kleine Drache kam ins Stocken. »Und?« half Ferdinand nach. »Ich mag dich sehr gerne – aber manchmal habe ich das Gefühl, daß ich etwas falsch mache.« – »Falsch machen?« fragte Ferdinand verblüfft zurück, »was kann man denn da falsch machen?« – »Das weiß ich eben nicht! Aber irgend etwas ist nicht richtig –

würden wir uns sonst so oft falsch verstehen oder gar miteinander streiten?« der kleine Drache war ernst, »und deshalb will ich zu Moya gehen.« – »Heißt das, daß du mit mir nicht darüber reden willst?« fragte Ferdinand zurück. »Doch, natürlich«, beruhigte ihn Hab-mich-lieb, »aber in mir ist ein solches Durcheinander – ich glaube, da kannst du mir nicht helfen.« Ferdinand sah sie erstaunt an: »Was um alles in der Welt ist denn so schwierig?« Hab-mich-lieb zögerte einen Moment: »Ich möchte verstehen, was Liebe ist, und wie ich sie leben kann. Und vielleicht weiß Moya auch, warum Kater so anders als Drachen sind?« Sie sah Ferdinand hilflos an. Seine Pfote spielte mit den Schnurrbarthaaren: »Wenn du meinst, daß Moya dir helfen kann ...« Hab-mich-lieb atmete auf: »Du hast also nichts dagegen?« – »Warum sollte ich was dagegen haben? Es ist deine Entscheidung!« – »Wirst du denn noch hier sein, wenn ich zurückkomme?« fragte sie zögernd. »Ich werde sicher einige Tage bleiben, aber wie lange, das weiß ich noch nicht.« Hab-mich-lieb nickte traurig. Sie konnte schließlich nicht verlangen, daß der Kater auf sie wartete. Tränen standen in ihren Augen. Es war ein Abschied – und es tat weh.

*Hab-mich-lieb packte ihre Sachen* zusammen. Ferdinand strich um die Hütte herum, und als sie nach ihm rief, um sich zu verabschieden, hatte sie den Eindruck, daß er doch ein wenig traurig dreinschaute.

»Ferdinand, ich gehe jetzt«, ihre Stimme zitterte leicht, »mach's gut – und vielleicht kannst du gelegentlich die Geranien gießen«, sagte sie, um ihre Rührung zu verbergen. »Mach ich«, sagte Ferdinand, »ich wünsch dir alles Gute, Hab-mich-lieb!« Der kleine Drache schluckte, der Abschied war doch schwerer, als sie gedacht hatte. Sie warf sich ihr Bündel über die Schulter, sah den Kater noch einmal an – und lief los.

Hab-mich-lieb kannte den Weg nur ungefähr, aber sie vertraute auf ihr Gefühl. Vielleicht würde sie unterwegs auch jemanden treffen, der ihr den Weg zeigen könnte. Der Morgen war frisch, und der kleine Drache schritt kräftig aus. Zur Abwechslung war es auch mal ganz schön, wieder alleine unterwegs zu sein. Sie konnte ihr eigenes Tempo wählen, konnte stehenbleiben, wo sie wollte, Pause machen, wann es ihr paßte. Sie brauchte auf niemanden Rücksicht zu nehmen – und gleichzeitig fehlte ihr das. Gerne hätte sie dem Kater etwas gezeigt, das sie entdeckt hatte, hätte sich gerne von seiner Kraft, seinem Übermut anstecken lassen. Doch, wenn sie es recht bedachte, eigentlich hätte sie lieber auf den Kater Rücksicht genommen.

Hab-mich-lieb seufzte – irgendwie war das alles nicht so einfach. Mußte das Leben eigentlich so schwierig sein?

In diesem Moment knurrte es böse neben ihr. Der kleine Drache erschrak und schnaubte vorsichtshalber vor sich hin. Sie schaute sich um, doch sie sah nichts. Noch einmal knurrte es, diesmal vor ihr.

»Wer ist da?« rief sie mit lauter Stimme, doch voller Furcht. Zweige knackten, und plötzlich stand ein großes braunes Tier vor ihr – ein Bär! Und dieser Bär war ihr nicht so freundlich zugetan wie Urs. Er knurrte nochmals und ging drohend auf sie zu. Der Drache schnaubte und machte vorsichtshalber einen Schritt zurück. »Was willst du?« fragte sie laut drohend. Der Bär knurrte und kam näher. Da fiel Hab-mich-lieb das Glas Honig ein, das Taya ihr mitgegeben hatte. Sie holte es schnell aus ihrem Bündel und leerte es über den Bären aus. Gelbe Honigfäden liefen ihm über Gesicht und Schulter, und er leckte und schleckte, grunzte zufrieden vor sich hin – und vergaß vor lauter Honig den kleinen Drachen. Hab-mich-lieb schmunzelte und machte, daß sie davonkam. Der Bär würde wohl für einige Zeit beschäftigt sein.

Als sie den Wald hinter sich gelassen hatte, hielt sie inne und gab ihren schwachen Pfoten nach. Diese Begegnung mit dem Bären hatte doch mehr Kraft gekostet, als sie gedacht hatte. Sie atmete tief durch – und auf einmal war sie ein bißchen stolz: das hatte sie ganz alleine geschafft. Sie war mit dem Bären fertig geworden, ohne nach Ferdinand oder nach Moya zu rufen. Zufrieden mit sich, wenn auch noch mit etwas zittrigen Pfoten lief sie weiter.

Es war schon Abend, als sie bei Moya ankam. Sie war froh, als sie im Dämmerlicht seine Hütte erkannte. Der Zauberer stand vor der Tür und hielt die Arme zum Willkommen auf: »Schön, daß du da bist, Hab-mich-lieb! Ich habe dich schon erwartet.« Der kleine Drache warf sich in seine Arme, schnaufte tief auf und empfand einen Moment lang so etwas wie Heimat. »Moya«, stammelte sie, »daß du da bist!« – »Ja, ich bin doch da!« sagte Moya beruhigend und streichelte den kleinen Drachen. Behutsam führte er sie zu der Bank vor der Hütte, wischte mit einem Taschentuch ihre Tränen ab und hielt sie einfach fest.

Später holte Moya Brot und Schinken und stellte eine große Kanne Tee auf den Tisch. »Komm, greif zu! Du bist sicher hungrig«, lud er den kleinen Drachen ein. »Ach, ein wenig«, sagte Hab-mich-lieb, »Moya, ich muß dich soviel fragen! Und ich hab soviel zu erzählen – und ich bin unglücklich!« – »So unglücklich siehst du aber gar nicht aus!« meinte Moya. »Ja, denn eigentlich bin ich auch ganz glücklich – das ist alles ein furchtbares Durcheinander.« Jetzt sah Hab-mich-lieb wirklich ratlos aus. »Na, dann werden wir mal schauen, ob wir ein wenig Ordnung hineinbringen können«, sagte Moya ruhig, »aber manchmal ist ein bißchen Durcheinander gar nicht schlecht ...« Der kleine Drache sah den Zauberer zweifelnd an. »Vielleicht erzählst du einfach, was du erlebt hast«, schlug Moya vor. Und Hab-mich-lieb begann ...

Es war spät, als sie mit ihrer Geschichte beim Abschied von Ferdinand angelangt war – und allein der Gedanke daran ließ die Tränen wieder bei ihr hochsteigen. Was mochte Ferdinand jetzt tun? Ob er alleine vor der Hütte saß? »Da mach dir keine Gedanken, Hab-mich-lieb!« sagte Moya. »Ferdinand ist bestimmt fischen gegangen!« – »Fischen? Ferdinand? Heute abend?« – »Ja, warum denn nicht? Soll er herumsitzen und auf dich warten?« Hab-mich-lieb nickte zögernd. »Ferdinand denkt sicher auch nach – aber vielleicht kann er es beim Fischen am besten?« fuhr Moya fort. Hab-mich-lieb kratzte sich mit der Pfote hinter dem Ohr, doch, das konnte gut sein – »warum aber, um alles in der Welt, sind Kater denn so anders??« fragte sie. Moya zuckte mit den Schultern: »Kater sind eben so – und Drachen sind anders – und«, er schmunzelte, »Zauberer sind auch anders! Manche Bären werden sich fragen, warum Drachen so seltsam sind oder hast du schon einmal einen Bären entdeckt, der träumend in einer Wiese liegt?« Der kleine Drache lachte – Urs in einer bunten Blumenwiese? Nein, das konnte sie sich wirklich nicht vorstellen.

»Natürlich ist es nicht einfach, wenn man jemanden mag, der in vielem anders denkt, anders lebt – aber deswegen muß ein Drache ja nicht gleich zur Katze werden.« Hab-mich-lieb schaute Moya verblüfft an. »Doch«, sagte er, »du wirst doch wohl nicht ernsthaft behaupten wollen, du gingest gerne mitten in der Nacht auf Jagd. Oder?« – »Äh, eigentlich ... nein ...«, gab Hab-mich-lieb zögernd zu, »aber wenn Ferdinand das so gerne macht ...« – »Dann soll Ferdinand jagen – was hat das mit dir zu tun?« – Der kleine Drache wurde verlegen: »Ich hab gedacht, wenn man den anderen mag, dann ist man immer beieinander und macht alles zusammen ...« Moya seufzte: »Ja, das meinen viele – und dann gibt es auf einmal keine Drachen und Katzen mehr, sondern nur noch komische Drachenkatzen und Katerdrachen. Meinst du, der Kater will, daß du ihm möglichst ähnlich wirst? Ich glaube, es hat ihm gefallen, daß du dich auf die Melodie eingelassen und getanzt hast – und was ist jetzt mit deiner Melodie?« Hab-mich-lieb schwieg betroffen. Moya hatte recht – vor lauter Kater hatte sie die Melodie ganz vergessen. Ratlos fragte sie: »Ja, aber was ist dann Liebe?« – »Heute abend sage ich nur noch einen Satz dazu, denn es ist schon spät. Ich denke, Liebe ist das Ja und das Nein.« – Der kleine Drache sah ihn so entgeistert an, daß Moya lachte: »Jetzt zerbrich dir nicht den Kopf – das reicht morgen auch noch! Wichtig ist, daß du deine Antworten findest, sonst bist du in der Gefahr, die Meinung des Katers zu übernehmen. Das aber allein reicht nicht. Ihr müßt gemeinsame Antworten finden. Jede deiner Antworten kann sich durch den Kater auch wieder verändern – das ist die Spannung, von der auch die Liebe lebt. Der Kater ist anders als du, deshalb werden sich ihm manche Fragen gar nicht stellen, auf andere wird er anders antworten. Und mit solchen Worten wie ›richtig‹ oder ›falsch‹ kommt man nicht viel weiter.« Hab-mich-lieb nickte nachdenklich: »Ich glaube, ich verstehe dich, Moya.« – »So, jetzt gehen wir aber erst mal schlafen. Du hast letzte Nacht kein Auge zugemacht, heute war ein anstrengender Tag, ich glaube, es reicht!« Hab-mich-lieb gähnte: »Jetzt, wo du es sagst, merke ich erst, wie müde ich bin!« Sie holte ihr Bündel, machte sich ihr Lager zurecht, kuschelte sich in ihre Decke und sagte, fast schon eingeschlafen: »Gute Nacht, Moya – und danke, daß ich hier sein kann!« – »Schlaf gut, Hab-mich-lieb.«

*Am nächsten Morgen* schlief der kleine Drache lang. Schließlich aber rührte sich etwas auf dem Heulager, und Hab-mich-lieb kam mit kleinen Augen und einigen Heuhalmen in den Haaren vor die Hütte. »Guten Morgen, Moya,« sagte sie und gähnte dabei. »Guten Morgen, Hab-mich-lieb«, sagte Moya, einen Schreibblock vor sich, »wenn du einen Kaffee magst, der ist hier und Frühstück gibt es gleich! Ich will erst das noch fertigmachen ....« – Hab-mich-lieb setzte sich auf die Bank, trank ihren Kaffee und sah Moya zu: »Was machst du da eigentlich?« – »Ich schreibe einen Artikel. Gelegentlich muß man ein bißchen Geld verdienen.« – Hab-mich-lieb dachte nach: Das hatte sie noch nie überlegt, daß ja auch Zauberer von etwas leben müssen – klar, jetzt wo Moya das sagte: »Störe ich dich arg?« – »Nein«, sagte Moya, »aber das eine oder andere muß ich doch tun.« – »Ich sag jetzt auch nichts mehr!« versprach der kleine Drache. Moya wußte, daß Hab-mich-lieb das wohl nicht lange durchhalten würde. Und richtig – einige Minuten später fragte der kleine Drache nachdenklich: »Sag mal, Moya – hast du jemanden mal wirklich gerne gehabt? Weißt du, so gern, daß es fast schon ein bißchen wehtut?« – Moya räumte die Papiere zur Seite, goß sich eine Tasse Kaffee ein und zündete seine Pfeife an, bevor er schließlich leise antwortete: »Ja – Hab-mich-lieb – da war mal jemand. Ich habe damals viel falsch gemacht.« Hab-mich-lieb fand es schwierig, jetzt die richtigen Worte zu finden. Schließlich drückte sie kurz mit ihrer Pfote Moyas Hand. Sie ahnte, daß auch Zauberer sehr einsam sein konnten.

Moya und Hab-mich-lieb griffen das Thema am Vormittag nicht mehr auf – nach dem Mittagessen aber sagte Moya: »Du, ich will noch was zu dem ›anders sein‹ sagen. Das bedeutet nämlich nicht, daß du dich einfach damit abfinden sollst, daß Ferdinand anders ist als du.« – »Sondern?« der kleine Drache hatte die Ohren aufmerksam gespitzt. »Du sollst keine Katze werden – und du sollst auch nicht so werden, wie du meinst, daß der Kater dich gerne hätte. Du bist ein Drache und sollst du selbst sein und werden. Aber gerade dabei kann dir das Anders-Sein des Katers helfen. Du kannst zum Beispiel sagen, ›ich probier das mal mit dem Schwimmen, dann seh ich ja, ob es mir gefällt‹. Das Anders-Sein des Katers kann eine Herausforderung sein, an der du wachsen kannst. Schwierig wird es, wenn du denkst, du mußt schwimmen lernen, weil Ferdinand das von dir erwartet oder weil er dich nur dann lieben würde.« – »Ja, aber«, dachte der kleine Drache laut nach, »das gilt doch umgekehrt auch, oder? Also – der Kater könnte etwas von mir lernen?« – »Richtig«, bestätigte Moya, »aber dazu gehört, daß du du selbst bist – bisher hast du ja eher versucht, eine nette Katze zu sein. Was soll er da von dir lernen?« Der kleine Drache biß vor lauter Aufregung auf ihrer Pfote herum. Das erklärte vieles! »Es könnte übrigens sein«, fügte Moya noch hinzu, »daß Kater vielleicht gerade das lernen müssen – daß sie von anderen etwas lernen können!«

In diesem Moment landete ein schwarz-weißer Vogel auf der Wiese und wippte zierlich heran. »Hallo, Moya – hallo, Hab-mich-lieb!« krächzte sie freundlich. »Das ist ja Eiki!« rief Moya überrascht, das ist schön, daß du mich mal wieder besuchen kommst!« – die Elster hüpfte auf die Bank: »Ich habe gesehen, daß Ferdinand alleine am See herumspaziert. Da hab ich vermutet, daß der kleine Drache bei dir ist und wollte einfach mal fragen, ob ich euch helfen kann. Wir Elstern wissen ja doch eine Menge vom Leben!« Hab-mich-lieb schmunzelte, diesen Satz kannte sie bereits. Moya aber sagte: »Das ist nett von dir, Eiki! Hab-mich-lieb und ich denken darüber nach, was Liebe ist. Es wäre schön, wenn du uns helfen könntest!« Eiki reckte die Brust stolz heraus: »Probieren kann ich es ja. Was wollt ihr denn wissen?« Der kleine Drache wurde ernst: »Moya hat gestern abend einen Satz gesagt, den ich nicht verstanden habe. Er meinte, Liebe sei das Ja und das Nein. Kannst du damit was anfangen?« – »Ich glaub schon«, sagte Eiki, »erinnerst du dich an unser Gespräch, Hab-mich-lieb?« Der kleine Drache nickte: »Ja, du hast gesagt daß Liebe einfach und schwer ist – und daß es dort gefährlich wird, wo Liebe nur einfach oder nur schwierig ist.« – Moya hakte ein: »Das ist ein schöner Gedanke, Eiki. In diese Richtung geht auch mein ›Ja und Nein‹. Ich sage ›Ja‹ zum anderen – und doch muß ich ›Nein‹ sagen, wenn Kater erwarten, daß Drachen zu Katzen werden – oder wenn Drachen versuchen, aus Katern Drachen zu machen! Das Schwere ist, bei einem solchen ›Nein‹ das ›Ja‹ nicht in Frage zu stellen, daran zu denken, daß man den anderen gern hat!« Eiki wippte aufgeregt mit dem

Schwanz: »Weil man den anderen mag, ist das ›Ja‹ oft leichter. Schwer ist es, seinen Ärger zu zeigen. Oder man vergißt vor lauter Wut, daß man den anderen eigentlich liebt!« Moya wurde nachdenklich: »Und dann stellt sich möglicherweise ganz die Frage: bleibe ich bei dem anderen oder muß ich gehen? Und da ist dann schon wieder die Spannung …« »Halt, halt«, rief Hab-mich-lieb energisch, die dem Gespräch der beiden mit zunehmender Verwirrung gefolgt war, »ich komm nicht mehr mit! Wie war das? Ich sage ›Ja‹ zum anderen und gehe trotzdem? Oder sage ich ›Nein‹ und bleibe doch? Und ich mag den anderen und find das schwer – oder bin ich wütend, und das ist leicht??" Ihr Gesicht war ein einziges Fragezeichen – und Moya und Eiki mußten lachen, als sie den kleinen Drachen sahen. »Ja, ungefähr so ist das, Hab-mich-lieb!« sagte Moya amüsiert, »es könnte sein, daß genau das die Beschreibung von Liebe ist!« – Hab-mich-lieb raufte sich verzweifelt die wenigen Stirnhaare: »Wenn das so schwierig ist, warum bringt einem das denn niemand bei? Und«, eher erstaunt, »warum läßt man sich überhaupt auf so was ein??« »Warum liebst du den Kater? Und sitzt hier und versuchst dir darüber klar zu werden, was Liebe ist?« fragte Moya behutsam zurück. Der kleine Drache schaute Moya ratlos an. Warum sie den Kater liebte? Sie mochte ihn eben, wie um alles in der Welt soll man das denn erklären?

»Wir alle brauchen Liebe, manche mehr und andere weniger«, sagte Moya, »aber jeder will ein bißchen lieben und ein bißchen geliebt werden. Zugegeben, manche können das gut verbergen – und vielleicht sind dies die einsamsten Menschen auf der Welt. Andere geben vor zu lieben, und wollen doch nur geliebt werden. Echte Liebe ist möglicherweise ein ganz seltenes Geschenk ...« »Ha«, prustete die Elster, »klar, einerseits hast du schon recht, daß Liebe ein Geschenk ist. Aber Liebe ist auch Arbeit und will tagtäglich neu gelebt sein. Und damit hast du wieder die Spannung drin, die ...« – diesmal sagte Moya: »Halt!«, der einsah, daß es für den kleinen Drachen wirklich zuviel war. »Komm, Eiki, wir lassen es für heute. Weißt du, wir beide haben gut reden – aber Hab-mich-lieb hat genug nachzudenken.« Der kleine Drache sah Moya dankbar an – ja, es war mehr als genug.

»Sag, Hab-mich-lieb«, sagte Moya voller Wärme, »kannst du dich noch an den Ort mit den Walderdbeeren erinnern? Eigentlich ist die Zeit dafür zwar vorbei, aber vielleicht gibt es doch noch ein paar Beeren. Schaust du mal nach?« Der kleine Drache nickte, ja, das würde sie tun. Moya holte einen Korb aus der Küche, und der kleine Drache stapfte gedankenverloren los.

Moya und Eiki sahen sich an, und beide seufzten. »Gar nicht so einfach, was?« sagte Eiki. »Hm«, stimmte Moya zu, »Liebe ist nicht einfach.«

Der kleine Drache hatte den Weg rasch gefunden. Moya hatte richtig vermutet, einige Beeren leuchteten rot unter grünen Blättern hervor. Sie stellte den Korb ab und setzt sich ins Gras – die Gedanken jagten wirr in ihrem Kopf herum. Sie ahnte um vieles – und das Schlimme war, sie erkannte, was sie alles falsch gemacht hatte. Sie mochte den Kater – und doch hatte sie, um ihm zu gefallen, viele Dinge getan und andere vergessen, wie ihre Sehnsucht nach der Melodie und den Traum, zu dem auch die anderen Tiere auf der Wiese gehörten. Sie hatte all dies zur Seite geschoben – und nun sollte der Kater erfüllen, was sie aufgegeben hatte, aufgegeben, ohne daß es irgend jemand von ihr verlangte. Hatte sie vorher an jeder Wegkreuzung selbst entschieden, welcher Weg zu gehen sei, blickte sie jetzt nur noch auf den Kater; sie, die so ungern Geschirr spülte, machte es stillschweigend, damit der Kater es nicht tun müßte. Vor lauter Angst, den scheinbaren Erwartungen des Katers nicht gerecht zu werden und deshalb seine Liebe zu verlieren, hatte sie sich selbst aufgegeben. Sie hatte sich verloren – und die Liebe des Katers nicht gewinnen können, gerade weil sie sich selbst verraten hatte. Es war allein ihr Fehler, daß alles so schieflief. Sie weinte bitterlich, so wie sie noch nie geweint hatte …

Die Zeit verging, Moya und Eiki sahen sich besorgt an. »Eigentlich müßte sie längst genug Beeren gepflückt haben, um uns für die nächsten drei Tage zu versorgen …«, sagte Moya schließlich, »ich mache mir Sorgen, Eiki!« – die Elster nickte nachdenklich. »Ja, ich glaub auch, da stimmt was nicht. Soll ich mal nachschauen?« – »Ja, mach das!« sagte Moya erleichtert.

*Eiki fand den kleinen Drachen rasch.* Sie lag mitten in der Wiese, den Kopf in den Pfoten vergraben, die Schultern bebten vor lautem Schluchzen. Eiki setzte sich neben sie, streichelte sie unbeholfen mit einem Flügel und rief zärtlich-leise: »Hab-mich-lieb!« Der kleine Drache hob den Kopf und sah Eiki mit rotgeweinten Augen an, sie schluchzte noch einmal auf, schniefte und wischte sich mit der Pfote über die Schnauze. »Oh, Eiki!« sagte sie mit trauriger Stimme. »Was ist denn los, Hab-mich-lieb?« fragte die Elster behutsam, »haben wir dich mit unserem Gerede so durcheinander gebracht?« – »Nein, nein«, so ganz wollte die Stimme dem kleinen Drachen noch nicht gehorchen, »aber ich habe so viel falsch gemacht – ich habe die Melodie und meinen Traum vergessen, ich bin schuld, wenn der Kater nicht mehr mit mir unterwegs sein will …« – »Na, jetzt mach mal langsam!« sagte die Elster energisch, »zum einen ist ja überhaupt nicht die Rede davon, daß der Kater nichts mehr von dir wissen will – und wenn du vielleicht auch manches falsch gemacht hast, brauchst du dir noch lange nicht die Schuld für irgend etwas zu geben. Der Kater hätte ja auch ein bißchen was tun können!« – »Aber«, Hab-mich-lieb protestierte, »er hat doch soviel für mich getan. Er hat mich zu seinen Freunden mitgenommen, er hat die wunderschöne Hütte am See besorgt, er …« – »Ach komm«, sagte Eiki, leicht verärgert, »du weißt ganz genau, daß ich das nicht gemeint habe. Warum hat er denn zugelassen, daß du die Melodie vergessen hast? Warum war er so mit sich selbst beschäftigt? Warum hat er dir nicht ein bißchen geholfen, du selbst zu sein oder zu werden? Wenn du schon von Schuld sprichst – dann ist er mindestens ebenso schuld wie du!« – Hab-mich-lieb sah die Elster mit großen Augen an: »Aber, Eiki – vielleicht ist Ferdinand einfach so …« – »Vielleicht ist Ferdinand einfach so …«, äffte die Elster den Drachen nach, »du machst es dem Kater ganz schön einfach – und dir unsagbar schwer. Erwartest du eigentlich auch was vom Kater?« – »Erwarten?« fragte Hab-mich-lieb zurück. »Ja, erwarten«, wiederholte Eiki, »oder weißt du vielleicht gar nicht, was das ist? Der Kater mag ja ganz nett sein – aber deshalb mußt du ihn ja nicht unbedingt dauernd noch verteidigen. Auch Kater haben Fehler …« Der kleine Drache überlegte. So unrecht hatte Eiki nicht. Gut, sie hatte manches falsch gemacht – aber der Kater war auch keine große Unterstützung gewesen, das stimmte schon. Sie hatte gegeben – und der Kater hatte genommen. Zum ersten Mal wurde sie richtig wütend auf Ferdinand – und doch war ihr zugleich ganz warm und zärtlich zumute. Plötzlich verstand sie Moya und Eiki, genau das war es, was die beiden mit »Ja und Nein«, »einfach und schwer« meinten: Den Kater zu mögen und zugleich zu wissen, daß er auch nicht vollkommen war, für den anderen da zu sein und doch sich selbst und ihre Träume nicht zu verraten, mit beiden Beinen auf dem Boden der Realität zu stehen und dabei fliegen zu können, wütend auf den Kater zu sein und zugleich Bauchkribbeln zu haben.

Hab-mich-lieb's Augen funkelten, sie stand entschlossen auf, griff nach dem Korb und sagte: »Danke, Eiki – ich glaube, wenigstens das habe ich jetzt verstanden. Jetzt pflücke ich noch die Erdbeeren, und dann komme ich.« Die Elster schaute verblüfft auf die überraschende Verwandlung des Drachen. Irgendetwas hatte sie da anscheinend nicht mitbekommen – aber das Ergebnis war erst mal beruhigend. »Na gut«, sagte sie, »ich flieg schon mal vor!«

Als Eiki bei Moya ankam, schüttelte sie noch immer verwundert den Kopf. »Was ist denn los?« fragte Moya, »du warst so lange fort, daß ich fast schon Angst bekam!« Eiki erzählte von ihrem Gespräch und daß da etwas passiert sei, was sie selbst nicht verstand. »Na, wir werden sehen«, sagte Moya beruhigend, »manchmal begreift man ja was ganz Wichtiges in Situationen, die für andere vollkommen belanglos sind.« Ein fernes Pfeifen ließ beide aufhorchen. »Was ist das denn?« fragte Eiki. »Könnte sein, daß es Hab-mich-lieb ist!« sagte Moya schmunzelnd. Das Pfeifen kam näher, und kurze Zeit später trabte Hab-mich-lieb, sichtlich gut gelaunt, über die Wiese der Hütte entgegen.

»Hallo«, sagte sie zu Moya, »tut mir leid, daß es ein bißchen gedauert hat, aber Eiki wird dir ja sicherlich erzählt haben, was los war.« Sie schaute ihn an, und er nickte. »Ich glaube, ich habe jetzt verstanden, was ihr mir sagen wolltet. Ich muß noch ein bißchen darüber nachdenken – aber im Moment ist es ganz gut so.« – »Fein«, freute sich Moya, »und Erdbeeren hast du auch mitgebracht, dann können wir jetzt eigentlich essen, oder?« Er stellte einen Gemüseauflauf auf den Tisch. »Oh! Fein!« riefen Eiki und Hab-mich-lieb wie aus einem Mund. »Na, dann langt mal zu!« sagte Moya schmunzelnd, »aber denkt dran, zum Nachtisch gibt es noch Erdbeeren!«

Nach dem Abendessen saßen die drei vor der Hütte und hingen ihren Gedanken nach. Schließlich sagte Eiki: »Ich werde mal wieder losfliegen!« Moya nickte ihr zu, er wußte, daß Eiki nie allzu lange blieb. »Komm mal wieder vorbei!« sagte er herzlich, »du bist jederzeit willkommen!« Hab-mich-lieb sagte nur: »Danke, Eiki, für alles!« – »Ist schon recht«, sagte Eiki, »du weißt ja, wir Elstern verstehen ein bißchen was vom Leben. Wenn du mal wieder was wissen willst, dann ruf mich!« Sie winkte mit einem Flügel, flog eine Ehrenrunde über Moyas Hütte und verschwand hinter den Baumwipfeln des nahen Waldes. Hab-mich-lieb gähnte und sagte: »Ich glaube, ich gehe schlafen.« – Moya warf ihr einen Blick zu, »ja, mach das – nachdenken, das kostet viel Kraft. Schlaf gut, Hab-mich-lieb!« – »Schlaf gut, Moya!« Der Zauberer saß an diesem Abend noch lange vor seiner Hütte und dachte daran, wie es damals bei ihm gewesen war …

## *Am nächsten Morgen*

frühstückten Moya und Hab-mich-lieb in der Hütte. Über Nacht hatte ein sanfter Regen eingesetzt. »Du, Moya«, sagte Hab-mich-lieb, »heute nacht habe ich einen ganz seltsamen Traum gehabt.« – »Was hast du denn geträumt?« – »Es war komisch – ich war in meiner alten Höhle. Ich habe wieder geschaut, daß alles in Ordnung ist, habe ab und an einmal gefaucht – und war sehr traurig. Dann kam der alte Drachenchef vorbei und sagte zu mir: ›Na, da bist du ja wieder! War wohl nichts mit der großen weiten Welt, dem Tanzen und dem Träumen?‹ – und da wurde ich ganz zornig, habe ihm einen Teller vor die Füße geknallt und gesagt: ›Doch, ich glaube noch immer daran!! Vielleicht habe ich mich diesmal nur verlaufen? Damit Sie es nur wissen – ich gehe wieder los, und dann kehre ich nicht zurück!!‹ Und in diesem Moment erklang, ganz von fern, die Melodie, nur ganz kurz – aber ich habe sie deutlich gehört! Und da habe ich dem alten Drachen einfach die Tür vor der Nase zugeknallt – und ...« – »Und?« fragte Moya neugierig. »Davon bin ich anscheinend aufgewacht – sag, ist das nicht ein seltsamer Traum, Moya? Daß ich in die alte Höhle zurückgekehrt bin und so?« Moya sah den kleinen Drachen nachdenklich an: »So seltsam finde ich den Traum gar nicht – im Gegenteil, er ist spannend. Denk mal nach, Hab-mich-lieb! Du hast dich von der Liebe des Katers abhängig gemacht, hast deine Träume an die Seite geschoben, um geliebt zu werden – du bist sozusagen in deine alte Höhle zurückgekehrt und warst doch traurig. Als der alte Drache das so deutlich sagte, da wuchs in dir die Kraft, dich nochmals auf den Weg zu machen. Und in diesem Moment erklingt die Melodie ... eigentlich schön, oder?« – »Wenn du das so erzählst, Moya, kommt es mir fast vor, als wolle dieser Traum mir Mut machen ...«, sagte Hab-mich-lieb überrascht. »Na also – was hält dich dann noch?« fragte Moya zurück. »Es wäre schön, wenn der Kater mitgehen würde«, sagte der kleine Drache leise. »Sicher, das wäre schön – was aber, wenn der Kater nicht mitgehen mag? Vielleicht hat er seinen eigenen Traum? Oder er glaubt, daß ein anderer Weg notwendig ist, damit sich sein Traum erfüllt?« Hab-mich-lieb sah Moya traurig, aber entschlossen an: »Ich werde gehen, Moya!« Der Zauberer nahm den kleinen Drachen fest in seine Arme: »Ja, Hab-mich-lieb!« Und der kleine Drache war froh und traurig zugleich. Nachdenklich ging sie vor die Hütte und atmete tief durch. Der Regen hatte aufgehört, Feuchtigkeit hing in der Luft, es roch nach Erde und Pilzen. Fast war es, als ob mit der frischeren Luft auch andere Gedanken in ihren Kopf kamen.

Da war die Sehnsucht nach der Melodie. Sie träumte davon, sie wieder zu hören und zu tanzen, vielleicht sogar mit Ferdinand zusammen. Sie wollte aufbrechen – und der Kater mußte sagen, was er will. Dann würde man sehen, ob man gemeinsam etwas tun könnte. Es würde schwer sein, den Kater zu verlassen, sie wünschte sich ein bißchen Geborgenheit. Ferdinand schien da anders zu sein. In ihre Stirn gruben sich tiefe Falten – ob kleine Drachen mehr Liebe brauchten?

*Hab-mich-lieb stutzte,*

Geborgenheit und Aufbruch? Ja, da war es wieder, das »Ja und Nein«, das »Einfach und Schwer«. Sie seufzte, sie lächelte, sie war durcheinander – da war ganz schön viel Leben in ihr. Schön, aber nicht einfach ...

Sie ging in die Hütte hinein: »Ich bin schon ein seltsamer Drache, wie?« – Moya schmunzelte: »Ich kann dich grad noch aushalten. Eiki weiß halt ein bißchen was vom Leben, du weinst ab und an mal, dafür habe ich Lust auf Walderdbeeren.« Der kleine Drache stutzte eine Moment, sah dann ein verräterisches Zucken um Moyas Mundwinkel, ihre Augen funkelten, sie griff nach einem Sofakissen und warf es – zack! – Moya an den Kopf: »Dir geb ich's! Dich lustig machen über kleine verliebte Drachen! Hier! – und hier! – und hier!« jedes »Hier« war von dem zielsicheren Wurf eines Kissens begleitet, bis Moya schließlich lachend unter einem mittleren Kissenberg lag. »So«, den letzten Trumpf hatte Hab-mich-lieb sich aufgespart, »und deine Erdbeeren kannst du selber suchen! Ich gehe jetzt spazieren!« Moya lachte noch immer lauthals, und als Hab-mich-lieb an ihm vorbeiging, nutzte sie die Gelegenheit und steckte ihm kurzentschlossen seine Pfeife in den Mund, den Moya prompt, völlig überrascht, zumachte. Jetzt lachte der kleine Drache, als sie die Hütte verließ und über die Wiese trabte.

Als Hab-mich-lieb im Wald verschwunden war, räumte Moya den Küchentisch ab und holte ein Buch hervor, das er schon lange lesen wollte. Aber er war mit seinen Gedanken nicht ganz dabei – immer wieder blickte er hoch und sah aus dem Fenster. Jetzt zeigte der kleine Drache viel Entschiedenheit, aber wie mochte das gehen, wenn sie wieder mit Ferdinand zusammen war? Würde sie es schaffen, das »Ja« und das »Nein« jeweils dann zu leben, wenn es dafür an der Zeit war? Würde sie daran denken, daß Liebe nicht bedeutete, sich selbst aufzugeben? Moya seufzte und vertiefte sich wieder in sein Buch. Er hatte nur wenige Zeilen gelesen, als es plötzlich an der Tür klopfte. Moya hob erstaunt den Kopf – wer das wohl sein mochte? Hab-mich-lieb klopfte normalerweise nicht, aber vielleicht wollte sie einen Spaß machen? Er ging leise an die Tür und öffnete sie schwungvoll. Aber statt eines feixenden Drachens, den er eigentlich erwartet hatte, stand eine hübsche schwarz-weiße Katze davor. »Guten Tag«, sagte die Katze, »ich heiße Ferdinand – bin ich hier richtig bei Moya, dem Zauberer?« – »Ja, ich bin Moya«, sagte der Zauberer überrascht, »herzlich willkommen, Ferdinand! Komm doch herein!« und mit einer einladenden Geste wies er in das Hütteninnere. Der Kater nahm seinen Rucksack auf und trat ein. Moya sah sich den unerwarteten Besucher etwas genauer an – er mußte zugeben, der Kater sah ausgesprochen nett aus und die Augen schauten lebendig in die Welt hinein.

Moya konnte den kleinen Drachen jetzt noch ein bißchen besser verstehen.

»Hab-mich-lieb ist ein wenig spazierengegangen«, sagte Moya behutsam, noch wußte er ja nicht, was den Kater zu seinem Besuch veranlaßt hatte, »aber sie kommt sicher bald zurück!« Der Kater nickte: »Das ist fein! Ich wollte einfach mal schauen, wie es ihr so geht.« – »Hast du Lust, zum Essen zu bleiben?« – »Gern!« sagte der Kater, »kann ich dir helfen?« – »Du bist doch sicher müde!« – »Och, so anstrengend war das auch nicht – und ich koche ganz gerne!« Moya horchte auf – Ferdinand kochte gerne? Ob Hab-mich-lieb das wohl wußte? »Wenn du magst ...« – »Was wolltest du denn machen?« fragte der Kater interessiert. »So genau hatte ich mir das noch gar nicht überlegt«, sagte Moya nachdenklich, »wart mal, was hab ich denn da? Nudeln, Reis, ein paar Bohnen, Tomaten, Sahne, ein bißchen Speck ...« – »Weißt du was?« schlug der Kater vor, »ich mache eine schöne Tomatensoße, da weiß ich ein gutes Rezept, und dazu machen wir Nudeln und die Bohnen! Hast du Basilikum?« Moya kam aus dem Staunen nicht heraus – der Kater als Feinschmecker? »Doch«, sagte er schließlich, »ich glaube, Basilikum habe ich!« – »Und auch Thymian?« – »Thymian habe ich ganz sicher. Also gut, wenn du meinst – warum nicht Nudeln mit Tomatensoße?« Der Kater stand schon in der Küche und beäugte kritisch Pfannen, Töpfe und den Herd. Dann entdeckt er hinter der Tür Moyas Kochschürze und band sie sich um den Bauch. Moya lachte, als er ihn sah – die Schürze war mindestens zwanzig Zentimeter zu lang für den Kater, der bei jedem Schritt, den er machte, auf der Schürze stand. »Nein, nein«, lachte Moya, »so geht das nicht, sonst fällst du noch in die Tomatensoße hinein. Hier –«, er reichte dem Kater ein großes Handtuch, »bind dir das um den Bauch. Das ist genauso gut.« Der Kater lachte auch, wickelte sich das Handtuch um und stellte Wasser zum Kochen auf den Herd.

Moya ging in seinen kleinen Garten, um die Kräuter zu holen und nahm auch gleich noch einen Kopf Salat mit – der würde sicher gut zum Essen passen. Als er in die Küche zurückkam, war Ferdinand bereits eifrig am Werkeln: der Speck war kleingeschnitten, jetzt waren die Zwiebeln dran. Moya holte die Bohnen aus der Speisekammer und zupfte und wusch den Salat. »Nimmst du auch immer ein bißchen Speck in die Bohnen?« fragte Ferdinand beiläufig, während er die Tomaten mit heißem Wasser überbrühte. »Speck? Selbstverständlich, das gibt einen ganz besonderen Geschmack!« antwortete Moya, als ob er sein ganzes Leben lang nichts anderes getan hätte, als mit einem Kater Kochrezepte auszutauschen.

Als Hab-mich-lieb die Hütte betrat, blieb ihr die Schnauze vor Staunen offen stehen: da war ja der Kater – was um alles in der Welt machte Ferdinand hier? – er und Moya wirtschafteten am Herd herum, unterhielten sich äußerst angeregt, und es roch einfach herrlich! Einige Momente blieb sie sprachlos stehen, dann räusperte sie sich, und als weder Moya noch Ferdinand reagierten, hüstelte sie leise. Moya drehte sich um und sagte: »Oh, hallo Hab-mich-lieb! Das Essen ist fast fertig! Schau mal, wer da ist!« Hab-mich-lieb runzelte die Stirn – sie hatte ja

Augen im Kopf, und der Kater war nun wirklich nicht zu übersehen. »Hallo, Ferdinand«, sagte sie, ein bißchen zurückhaltend und doch voll Freude, »was machst du denn hier?« – »Grüß dich, Hab-mich-lieb – im Moment mache ich gerade Tomatensoße, wart mal, ich muß umrühren ...«, einige Sekunden lang rührte Ferdinand vollkommen konzentriert in der Tomatensoße, dann sah er den kleinen Drachen an: »Ich wollte einfach mal schauen, wie's dir so geht!« – »Danke«, sagte der kleine Drache, »mir geht es ganz gut!« Sie ahnte, daß es wohl nicht der richtige Zeitpunkt war, eine ausführlichere Antwort zu geben, aber das würde später auch noch Zeit haben. Im Moment war wohl eher Praktisches angesagt: »Soll ich den Tisch decken?« fragte sie. »Das wäre fein!« rief Moya, der froh war, daß das Treffen der beiden unter diesen Umständen erfolgte, »nimm das blaue Geschirr!«

*Das Essen schmeckte hervorragend –* vom Kater angesteckt, hatte sich auch Moya besondere Mühe mit den Bohnen und dem Salat gegeben, die Tomatensoße war ausgezeichnet und die Nudeln auf den Punkt gar. Der kleine Drache hatte den Tisch wunderschön gedeckt – für sie eine gute Gelegenheit, ihren vielfältigen Gedanken und ihrem Staunen Zeit zu geben. Der Kater hier – in eifriger Unterhaltung mit Moya – als begeisterter Koch – fast war es zuviel für den kleinen Drachen. Wirklich, das hatte sie von Ferdinand nicht gewußt – und beschämt dachte sie an die einfachen Speckeier zurück, die sie gemacht hatte. »Ich wußte gar nicht, daß du so gut kochen kannst!« sagte sie schließlich zu Ferdinand. »Ach, es geht so!« antwortete der Kater, »was man halt so lernt, wenn man nicht immer aus Büchsen leben will.« – »Komm, jetzt untertreib mal nicht«, sagte Moya, »du bist schon ein Feinschmecker!« Hab-mich-lieb zögerte einen Moment, aber dann fragte sie doch: »Warum hast du denn bei uns nie gekocht, wenn es dir solchen Spaß macht – die ewigen Speckeier müssen dir doch zum Hals herausgekommen sein!« – »Ich hab gedacht, ich tu dir einen Gefallen, wenn du kochen kannst – und die Speckeier sind wirklich gut! Was tust du denn zu den Eiern dazu?« – »Halb Milch und halb Wasser«, sagte Hab-mich-lieb, für heute abend nun endgültig überrascht. Welcher Unsinn war da abgelaufen – sie wollte dem Kater einen Gefallen tun, indem sie für ihn kochte – und er wollte ihr einen Gefallen tun, indem er sie kochen ließ. Und eigentlich hätte er lieber gekocht – und sie wäre froh darum gewesen, nicht kochen zu müssen. Es war schlichtweg verrückt – und nur, weil sie darüber nie geredet hatten.

»Eigentlich koch ich gar nicht so gerne, Ferdinand«, sagte sie aufrichtig, »ich hab immer nur gedacht, du hättest das gerne.« Der Kater war überrascht, »ich hab gedacht, es sei für dich wichtig!« Hier schaltete sich Moya ein: »Und vermutlich habt ihr euch nie darüber unterhalten – sondern jeder hat vom anderen etwas gedacht, ohne sich dessen zu vergewissern …«

Hab-mich-lieb und Ferdinand sahen sich stumm an, und beide nickten. Ja, so war es gewesen – und wenn sie es noch nicht einmal bei einer solch einfachen Frage wie dem Kochen geschafft hatten, sich zu verständigen, was mochte alles an Problemen darauf zurückzuführen sein, daß sie zwar viel gedacht, aber zuwenig miteinander gesprochen hatten?

Nach dem Essen ging Moya in seinen Garten: »Ich hab vorhin gesehen, daß ich unbedingt Unkraut jäten muß!« meinte er – es war wohl leichter, wenn die beiden ein wenig Zeit füreinander hatten.

Hab-mich-lieb sah den Kater an: »Schön, daß du da bist!« – »Ich wollt mal schauen, wie's dir so geht«, sagte Ferdinand, »so allmählich habe ich Lust wieder weiterzuziehen, und wollte fragen, ob du mitkommen oder lieber hier bei Moya oder in der Hütte draußen am See bleiben willst …« – Hab-mich-lieb überlegte: »Ich weiß es noch nicht, Ferdinand. Überhaupt, ich muß dir soviel erzählen!! Eiki, Moya und ich haben …« »Eiki?«

unterbrach Ferdinand. »Eiki ist eine Elster«, der kleine Drache lächelte verschmitzt, »sie versteht ein bißchen was vom Leben.« – »Also, dann erzähl mal«, sagte Ferdinand, inzwischen neugierig geworden. »Ja, das ist so ... willst du vielleicht noch einen Kaffee?« Hab-mich-lieb stand auf und sah den Kater an. »Jetzt lenk nicht ab, Hab-mich-lieb!« sagte Ferdinand. Zögernd setzt sich der kleine Drache wieder: »Es ist ein bißchen schwierig, das zu erzählen, weil ...« – »Weil?« fragte der Kater behutsam nach. »Ich habe Angst«, sagte Hab-mich-lieb leise, »doch, ich habe Angst, daß du mir nicht zuhörst oder vielleicht sogar über mich lachst ...«, sie schaute den Kater hilfesuchend an. Ferdinand schwieg einen Moment betroffen, dann fragte er: »Bin ich wirklich so, daß du davor Angst hast?« Hab-mich-lieb zögerte, holte tief Luft, dann sagte sie entschlossen: »Manchmal schon, Ferdinand. Wenn ich dir etwas erzählen wollte, hatte ich oft den Eindruck, dich interessiert das nicht. Du hast nicht nachgefragt, bist nicht darauf eingegangen – und dann hatte ich keine Lust mehr zum Erzählen, weißt du.« – Ferdinand nickte nachdenklich: »Ja, das kann ich verstehen.« – »Meine Angst hat aber auch mit mir zu tun«, fuhr Hab-mich-lieb zögernd fort, »ich hab dich sehr gerne, Ferdinand, und ich möchte so gerne, daß du mich auch magst«, ihre Stimme zitterte. »Deshalb habe ich vieles getan, von dem ich meinte, es gefällt dir.« – »So wie mit dem Kochen?« fragte Ferdinand nach. »Ja, genau so.« Ferdinands Stimme war liebevoll, »ich mag dich, so wie du bist, Hab-mich-lieb – und ich möchte, daß du so leben und sein kannst, wie du es willst. Du brauchst nichts, aber auch gar nichts mir zuliebe machen.« – »Ja, aber du hast mir nie gesagt, daß du mich magst, so wie ich bin, und da habe ich mir immer mehr Mühe gegeben, dir zu gefallen. Und je mehr Mühe ich mir gegeben habe, um so schwieriger wurde es.« Der Kater nickte nachdenklich, »ich habe dich das ersten Mal gesehen, als du die Melodie hörtest und getanzt hast. Du warst ein kleiner Drache, die sich auf den Weg gemacht hat, um ihre Träume zu suchen. Mich hat das beeindruckt. Seitdem wir miteinander unterwegs sind, hast du immer das gemacht, was ich wollte – manchmal wäre ich froh gewesen, wenn du entschieden hättest.« – »Warum hast du dann nie etwas gesagt?« wehrte sich der kleine Drache. Ferdinand nickte: »Das war mein Fehler. Es ist auch ganz schön, wenn du so zu mir schaust, und wenn ich mich um manches nicht zu kümmern brauche.« »So hilfst du mir aber nicht!« der kleine Drache machte ihrem Herzen Luft. »Vielleicht kann ich es nicht sagen ...«, der Kater sah Hab-mich-lieb hilflos an, »vielleicht habe ich Angst, dir weh zu tun ...«

Vor der Hütte polterte es, und Moya kam hinkend zur Tür herein. »Daß ich auch immer vergesse, den Eimer fortzuräumen!« schimpfte er, »eines Tages brech ich mir noch in meiner eigenen Hütte das Bein!« Hab-mich-lieb und Ferdinand lachten, und es war so ansteckend, daß Moya mitlachen mußte.

Er warf einen kurzen Blick auf Ferdinand und Hab-mich-lieb – zufrieden nickte er vor sich hin.

*Moya, kannst du mir helfen?«*

fragte der Kleine Drache, »ich möchte Ferdinand erzählen, was wir die letzten Tage gesprochen haben – und das ist schwer ...« – »Gern, wenn Ferdinand nichts dagegen hat?« – »Nein, nein, es ist gut«, versicherte der Kater. Der kleine Drache holte tief Luft, »ich habe in diesen Tagen verstanden, daß zur Liebe das ›Ja‹ und das ›Nein‹ gehören – und ich spüre, daß mir das ›Ja‹ eigentlich viel leichter fällt. Ich kann schwer ›Nein‹ sagen!« Ferdinand dachte nach: »Ich sage eher Nein als Hab-mich-lieb. Mir ist meine Unabhängigkeit wichtig. Leben bedeutet doch unterwegs sein – wie will ich mich da festlegen?« Moya fragte behutsam: »Kann man denn nicht auch miteinander unterwegs sein?« Hab-mich-lieb fügte hinzu: »Weißt du, Ferdinand, mir geht es ähnlich wie dir. Ich suche noch immer meinen Traum – auch wenn ich gemeint habe, ich hätte ihn mit dir schon gefunden. Aber das allein ist es nicht, das habe ich inzwischen verstanden, und deshalb will ich weitersuchen. Und doch mag ich gerade bei dieser Suche ein bißchen geborgen sein...« –

»Puh«, sagte Ferdinand, »ich kann dich aber nicht bergen, Hab-mich-lieb! Ich mag dich gerne begleiten, soweit ich es kann, aber mehr darfst du von mir nicht erwarten!« – »Ja, aber wer birgt mich dann?« fragte Hab-mich-lieb ratlos und schaute Moya an. »Niemand«, sagte Moya ernst, »Ferdinand wird es nicht tun und ich auch nicht. Du mußt lernen, dich selbst zu bergen und zu schützen, Hab-mich-lieb. Du kannst diese Aufgabe nicht an andere abgeben!« Der kleine Drache schluckte: »Und was ist mit der Liebe?« – »Liebe?« fragte Moya zurück, »Liebe hat nichts mit Träumen zu tun, sondern damit, wie ich mit der Wirklichkeit lebe« – und Ferdinand ergänzte: »Vielleicht heißt Liebe, dem anderen dabei zu helfen, so zu sein, wie er sein will ...« – »Das sagst grad du!« brauste der kleine Drache auf, »davon habe ich bisher wenig gemerkt!« – »Könnte ja sein, daß ich es eben auch erst verstanden habe!« gab der Kater zurück, »ich bin genau wie du, Hab-mich-lieb, erst dabei, die Liebe zu lernen – und vielleicht ist es sogar eine andere Liebe.« – »Eine andere Liebe?« fragte der kleine Drache verblüfft zurück, »ja, aber, warum denn?«

Der Kater sah sie nur hilflos an. »Moya, weißt du, was Ferdinand meint?« wandte sich der kleine Drache an den Zauberer. »Schwierig«, überlegte Moya, »ich probiere es einmal: Liebe ist nichts, was man für immer hat, denn Liebe ist etwas Lebendiges, sie kann wachsen und stärker werden, sie kann aber auch sterben. Und weil Liebe eben etwas so Lebendiges ist, gibt es auch keine Regeln, was Liebe zu sein hat. Deshalb mag Liebe bei jedem anders sein – und auch verschieden sein, je nachdem, wen ich liebe.« – »Ja, kann man denn überhaupt mehreres lieben?« fragte Hab-mich-lieb verwirrt. Der Zauberer nickte: »Ich denk schon. Schau, du magst Ferdinand und mich vielleicht ein klein wenig –«, der Drache protestierte: »Du weißt ganz genau, daß ich dich sehr gerne mag, Moya!« – »Aber doch sicher anders als den Kater, oder?« Hab-mich-lieb nickte.

»Und dich selbst wirst du ja hoffentlich auch mögen – das sind schon drei! Wenn du nur einen einzigen lieben könntest, wie wolltest du dich dann entscheiden? Ich glaube sogar, daß es gefährlich ist, nur einen zu lieben, weil der alle meine Erwartungen erfüllen muß – das kann nicht gutgehen. Unterschiedliches unterschiedlich lieben – und dabei spüren, wie Liebe lebt, sich verändert, Geschichte hat, Zukunft will, Gegenwart lebt.« – »Deshalb kann es also sein«, fragte Ferdinand zurück, »daß der kleine Drache mich anders liebt als ich sie mag?« – »Richtig«, sagte Moya ernst, »entscheidend ist, ob eure Liebe genug Gemeinsames hat und genug Unterscheidendes.« Der kleine Drache dachte nach: »Aber wie sieht das denn nun aus, Moya? Ferdinand mag Fische und ich Blumen, er schwimmt gerne, und ich liege gerne auch einmal auf der Wiese und träume vor mich hin ...« – »Spürst du, wie reich ihr euch gegenseitig machen könntet? Du könntest schwimmen lernen und Ferdinand das Träumen in der Wiese. Gerade durch euer Anderssein eröffnet ihr euch gegenseitig neue Welten, die ihr bisher nicht kanntet.«

Moya hielt inne, denn der kleine Drache sah plötzlich ganz kläglich drein. »Was ist denn, Hab-mich-lieb?« fragte Moya besorgt. Der kleine Drache wand sich etwas, dann fragte sie zögernd: »Muß ich denn nun schwimmen lernen??« Moya und Ferdinand schmunzelten. »Nein«, sagte der Zauberer zärtlich, »du mußt nicht schwimmen lernen, wenn du es nicht willst – und Ferdinand braucht es auch nicht schön zu finden, in einer Wiese zu liegen und zu träumen. Aber vielleicht kannst du herausfinden, was Ferdinand denn so toll am Schwimmen findet. Sich gegenseitig reich machen, das kann immer nur Einladung, aber nie Zwang sein. Dazu gehört auch, daß ihr gerade das andere als Wert zu schätzen lernt und nicht als Bedrohung eurer selbst empfindet!« – »Da muß man aber selbstsicher sein, oder?« fragte Ferdinand aufmerksam nach. »Richtig«, stimmte Moya zu, »solange ich nicht weiß, ob Fische es wirklich wert sind, beachtet zu werden, solange werde ich mich mit den Blumen der anderen schwer tun«. –

»Ich glaube, das mit den Unterschieden habe ich verstanden«, sagte Hab-mich-lieb, »das ist so ähnlich wie dieses »ja und nein«. Aber was ist mit dem Gemeinsamen, Moya, von dem du vorhin gesprochen hast?« – »Das ist das ›wir‹ der Liebe – wenn beide immer nur ›ich‹ und ›du‹ sagen, da kann keine Einheit entstehen. Es braucht auch das Verbindende, das wirkliche ›wir‹ und nicht nur das hingeträumte.

Hab-mich-lieb dachte nach, »ein solches ›wir‹ braucht doch auch wieder das ›Ich‹ und das ›Du‹, also das Unterscheidende.« – »Genauso denke ich es mir«, bestätigte Moya, »und wenn ihr jetzt noch die Lebendigkeit des Lebens mit hinzunehmt, dann ahnt ihr vielleicht, warum es so schwierig ist, Liebe zu erklären. Vielleicht ist überhaupt eine beschriebene Liebe bereits eine ›gestorbene‹ Liebe ... – so, jetzt reicht es aber wirklich. Ich bin ganz müd vor lauter Nachdenken, und Geschirr haben wir auch noch nicht gespült! Was haltet ihr denn davon?« Hab-mich-lieb und Ferdinand nickten – doch, es war viel gewesen heute abend.

*Der kleine Drache nahm Ferdinand* rasch zur Seite: »Hör mal, falls wir nochmal an den See zurückkehren sollten, und, das heißt, ich weiß ja noch gar nicht, ob wir überhaupt ...« – »Ja, was dann?« half der Kater nach. Der kleine Drache zögerte: »Sag – würdest du mir dann Schwimmen beibringen?« Ferdinand schaute sie an: »Einverstanden – unter einer Bedingung!« – »Ja?« der kleine Drache sah den Kater bang an. »Du bringst mir bei, in einer Wiese zu liegen und zu träumen!« sagte der Kater – und beide schauten einander an und schmunzelten.

# Weitere Bücher von Andrea Schwarz

**Bunter Faden Zärtlichkeit**

*96 Seiten, Halbleinen*
*ISBN 3-451-27290-3*

„Diese Momentaufnahmen aus dem Leben von Andrea Schwarz eignen sich hervorragend dazu, die eigenen Gefühle nachzuprüfen, um sich selbst richtig zu sehen. Ein lesens- und bedenkenswertes Buch." (Das neue Buch)

**Mich zart berühren lassen von Dir**

*Ein Hohes Lied der Liebe*
*96 Seiten, Halbleinen*
*ISBN 3-451-26961-9*

Über Poesie findet Andrea Schwarz einen neuen, spirituellen Zugang zum Hohen Lied. Einfühlsame Texte, durch die Leserinnen und Leser sehr persönlich angesprochen werden.

**Ich mag Gänseblümchen**

*Unaufdringliche Gedanken*
*96 Seiten, Halbleinen*
*ISBN 3-451-27364-0*

Der absolute Bestseller von Andrea Schwarz – als Geschenkausgabe in Halbleinen.
Das Geheimnis dieser kurzen, einfachen Texte ist das Gänseblümchen: Aus dem Alltag heraus und für den Alltag schreibt die Erfolgsautorin unaufdringliche Gedanken, die zu lesen oder zu hören einfach gut tut.